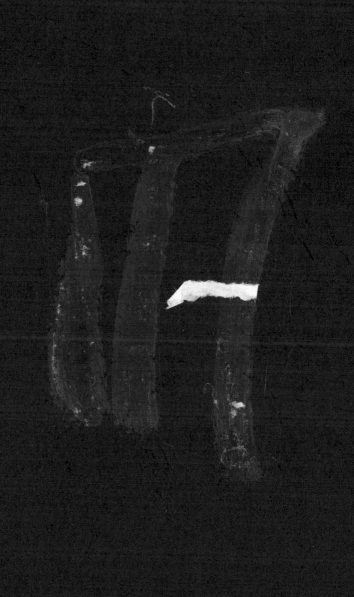

轨迹

程天翔 著

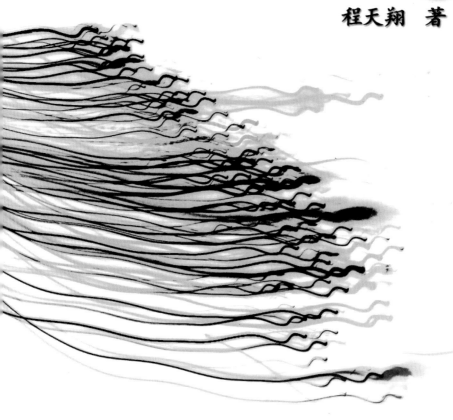

作家出版社

和程天翔对话

　　《轨迹》是程天翔的第三部长篇，他出版第一部长篇时，向我介绍的第一句话是；"程天翔，十四岁。"，今天的程天翔也不过十九岁，在"80后"中，他也属晚生代了，有的是青春激情和新奇的想象。而我呢，已近耳顺之年。我不知道，发生在我和程天翔之间的对话会是一种什么样的内容和情境。我只想通过程天翔的作品和他有一种对话。

　　程天翔把他情感中的种种想象骤雨般地倾注于林欢、松原这两个高中生时，正是二〇〇五年他的同龄人经受高考"炼狱"的日子。所以我相信，林欢、松原是程天翔和他的同学高度压抑中青春激情的一种进发，通过他们我能触摸到当今高中生生命深处萌动的寻求。

　　无论谁读程天翔的小说，都会有种种惊讶，惊讶他小小年纪就用了自己的一方语言天地，一口寓意深井。而《轨迹》一开始就让我惊讶的是林欢、松原相识相知于"凝望郁达夫"中。"在这个大谈实用主义的年代"，"郁达夫是藏在他内心深处的一个名字"，松原在学校读书报告会上以现代流行的方式表达了对郁达夫的倾慕，唤起了林欢的天涯故人之感，也点燃了两个年轻人生命中最原始的恋情。但随后我也疑惑重重，当年知音难觅的郁达夫还能在当下的高中生中、大学生中引发心灵的对话？在十八岁的程天翔笔下，郁达夫是一种生命的回潮还是一具残骸的存在？当然，回答我疑问的是《轨迹》最终完成的故事，程天翔没有刻意去比附郁达夫，他只是在走进林欢、松原的内心中走近了郁达夫，这足以让我欣喜不已。

早恋、出走……殉情，《轨迹》的这些叙事几乎都未摆脱青春叛逆小说中的世俗因素；山泉，柳林、夜河……弥漫出的孤独、忧郁，又使《轨迹》的叙事显得脱俗，甚至唯美。两者自自然然地涌动而出，是《轨迹》的迷人之处。写俗而脱俗，在人生浪漫情怀上，"只其不可为而为之"，这是郁达夫生命精髓之所在，《轨迹》显然引此为同道。

跟以往的校园青春小说不同，《轨迹》让林欢、松原萌生于校园观望台下的灼人爱情走出了校园，在简陋的旅舍，待拆的民屋里经受磨炼。上个世纪以来的世界，是人类有史以来最为复杂的，作家成功与否，几乎取决于他对世界、人生的复杂的认识。而对于程天翔来说，"少年愁"的消淡，人生大气的蕴蓄，也取决于他早日走出校园而认识人生的复杂了。程天翔还无法超越自身经历和人生想象去设置小说人物的命运。但《轨迹》描写男女主人公社会磨难的笔触洗练扎实。当人们读到林欢绝望中感到褓褓中的婴儿"向他投来一道怨毒的冷光"那样的描写时，心也会被重重刺痛的。而程天翔不回避纯情男女投身于社会漩涡中的矛盾，无奈退却时，他也开始了对现实的逼视。原本我还有疑惑，当程天翔正视现实的污浊时，他的笔触还能有校园青春的清纯吗？而程天翔在叙事的展开中始终交织着心声，如天籁般的召唤、应和是那样复杂而奇异的穿梭，交割，即使是落叶泥土发出的细微之声，林欢、松原也会从中感受到美的极致。哪怕尘世现实再嘈杂，敏感、喜悦于天籁的人始终听得见心声，在这一点上，程天翔也可以引郁达夫为知音了。

《轨迹》写少年情爱，刻骨铭心，又于细微之处见真情，以青春之声呼出童真之气，必将为当今日后的青少年们所珍惜。《轨迹》又以青春年华作形而上思考，使那一脉清泉有了归海之魂。例如，小说中写到林欢、松原在自己还需要父母照顾的年龄早早地做了养家育子的父母。一日，两人偷闲上山来，素惧虫蚁的松原被草丛中太多的虫子惹得惊叫，林欢由此歉然，"大煞风景的也许不是虫子，而是我们自己，我们不和谐的声音介入，惊扰了他们徐徐而行，悠然自得与自然相融的生民姿态。"松原也悟然："正是自然，即使渺小，仍要顺天道而行，学会与周围的环境相融。只有与环境和谐，才会使我们得到它的映衬而彰显细微之处的美好，我也将使我的周边更加绽放美丽。"此番话语，出自磨难困厄中的林欢、松原之口，确实让人"震撼和惊喜"，他们已不视己集苦难于一身，而自觉地在关爱他者，怜悯别物中学会相处，懂得"交往"，喜欢于做大自然的小儿女，痴望于"天地人"的古朴、和谐。这样的哲理思考，在小说叙事中一直伴随着林欢、松原的出走。尽管林欢、松原还苦于分不清这种哲思之声来自于心中的魔鬼还是上天的"福音"，甚至加剧了他们的悲剧命运，程天翔也是默默地望着他的主人公，似乎也弄不明白他们"精神的无限升华和灵魂的脱尘独立是否梦的装饰。"但《轨迹》终究由此走出了青春叛逆、人生苦难的故事，预示出程天翔今后更加廓大更加长远的创作视野。

总之，我感觉得到程天翔在"凝望郁达夫"，"五四"对东瀛归来的郁达夫以其惊世骇俗的率直拉开了个性解放的序章，战乱中漂泊南洋的郁达夫更以其神秘的失踪触发了另一种流动的文学史，程天翔的凝望会反复扫视郁达夫的整个生命形态，这是我可以期待的。

以程天翔十四岁发表长篇小说论，"90后"的少年作家的出现也在期待中了。这种"创作早熟"反映出当今年轻一代的文学资源的快捷。程天翔小说显示出的语言资源沟通于"五四"后雅、俗的多种流脉，日后若能警惕于大众传媒的过多浸染，多历经沉积，前景不可限量。这也是我对"80后"或更年轻的文学新人的期待。

黄万华

二〇〇六年十一月十四日

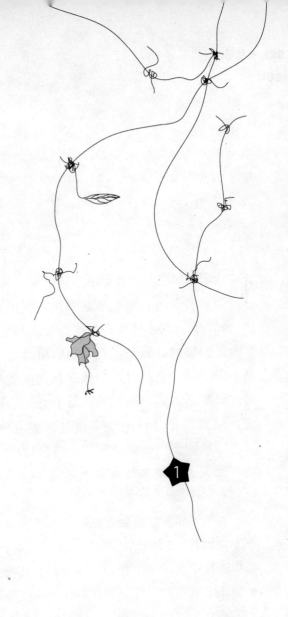

1 认识松原之前，林欢总用疑惑和不屑的目光打量着身
边这些女生：她们总是聚在一起叽叽喳喳，搬弄是
非，屁大点儿的事情也会令她们大嚷大叫，惘若癫狂；再
听听她们聊的话题吧，无非是追星帅哥绯闻之类，庸俗
得不堪入耳。当此时刻，林欢总是很疲惫，却又无可奈
何，他想逃，逃得远远的。对于女人，他有着崇高的向
往，他觉得自己这一生中定会遇到几个不同的红颜知
己，与她们发生一些故事，史诗般流传于世间。百媚千
娇皆是美。骄傲的林欢执著地等待与守候，虽然今年，
他只有十七岁。

但现实和梦想总会有差距，在校园这片看似神圣的土
地上，他找不到真正优秀的女孩。这里所谓"优秀"者，
是指能与他在精神上相知，在心灵上共鸣的知音，容貌身
材倒还是其次的。他是悲哀的呀，时代飞速发展，外来事
物不断介入，如今的女生不喜读书，杂七杂八的东西倒学
了不少，素质低得让林欢抓狂。他的心是一片蓝天，可那
些无知的女生还呆在井底，哇哇乱叫，这是怎样的距离？

林欢是富家子弟，父亲是一家知名民营企业的老板，

家境十分宽裕。林欢身上虽亦有纨绔习气，常聚众请客，但自幼饱读诗书，这一点却也与其他有钱人家的公子不同。他的豪爽亦正是他的真诚。他实在是一个被感情支配的人，一切服从感觉；他又同样是一个孤独的孩子，在这个纷纷扰扰的世界，寻找着爱，寻找着梦，寻找着美，寻找着永恒。然而他又困惑——现实远不及他幻想中的世界那样充满诗性。他的所谓的苦闷，大抵便源于此了。早些时候，因着他家的钱，不少女生常向他传递好感，林欢甚厌之，态度冷若冰霜，使得她们知难而退，尴尬无地，背后却议论："林欢有什么了不起的，不就是家里有几个臭钱吗？"

林欢身边，只有兄弟，没有红颜知己，更不消说恋人。

林欢的父母虽然疼他，但因工作之故，时常不在家，留给林欢大把的钱，多数时候，他得自己照顾自己。当然，家有保姆，洗衣做饭这等家务事，林欢从不担心，唯嫌保姆饭做的难吃，因之和众兄弟下饭店是常事。

他常常喝醉，喜欢被酒精麻醉的感觉。感情丰富的他，总要在夜深人静的时候走到楼下的花园。灯光恍惚之下，花枝含羞，树影婆娑，他借着微醺的酒劲在夜风中沉醉。此刻，他的心安静而纯洁，更接近纯粹的艺术。大自然的一切令林欢痴迷，然而钢筋水泥的城市已逐渐将之取代，他也只能在这个小小的花园中小心地寻梦。

没人知道，林欢心底藏着一片森林。在那方梦中的净上，有飞鸟穿梭，有松涛呼啸，一望无垠的绿色蔓延着生命最原始的热情……这里才是他的家园。孤独是因为无人分享，泪水悄悄地滑落，像两条清澈的山泉，哀叹人间知音难觅，知己难求，感伤生命中的女子迟迟没有出现……心事唯有对风而语，现实中是没有人听他说这些的。这个时候，林欢觉得自己已经超然世外。

林欢第一次认识松原，是在学校的一次读书报告会上。松原是第四个出场作报告的学生，报告的题目是"凝望郁达夫"。林欢眼睛本来是微阖着的，似在闭目养神，此类活动于他来讲毫无吸引力。但郁达夫是藏在他内心深处的一个名字，不曾想还有人提起，惊讶之情不在话下。

眼睛慢慢睁开了。

好家伙，眼前这女孩上来就一句："达夫是真正的文人，我爱他！"整个阶梯教室顿时炸开了锅，不少男生发出嘘声，表示不能接受。林欢嘴角起了一痕微笑，对于松原，他似曾相识。

一道梦中的幽光在他脑海里倏而一闪，模糊迷离的影子令他疑惑。

梦中的幻影。

林欢开始像看谜题一样望定松原。那天松原的报告作得很成功，激情的演讲和优雅的气质深深感染着大家。

林欢尤为感动。在这个大谈实用主义的年代，竟还有人同他一样热爱达夫的作品，这是他不敢想的。或许在精神上迷恋达夫者与他都是天涯故人。欢喜之余，林欢情不自禁，对旁边一哥们说："这个女孩，不一般哪！"他的内心隐藏着巨大的喜悦。

报告会之后，林欢嚷嚷着聚餐，他的一个兄弟与松原熟识，便嘱咐一定把松原叫上。

酒店里，两人见面，林欢的朋友向松原介绍说："本校大名鼎鼎的林公子，才子啊！"

林欢与松原亲切握了手，谦逊道："哪是什么才子，虚名而已。"说话的时候，端详松原：个头不矮，总在一米六五以上，眼睛如一潭深水，皮肤白皙，一头飘逸的乌发，虽称不上十足的美貌，但气质绝佳。

松原开口笑了，露出洁白的牙："总听朋友说起你，今日幸得相会。"

旁边众人见两人你一言我一语，文绉绉的，都起哄。林欢愈深沉，松原愈迷人。

席间，林欢保持一贯的沉默，松原却是谈笑风生，光彩照人。林欢听她谈吐高雅，好感愈甚，欣喜不已。他端起酒杯看着松原，说："为达夫干杯！"

松原欣然与他碰杯，不说话，两人是心照不宣。

回到家后的林欢，脑海里多了松原的影子，这个女孩子与众不同，才华横溢，更让林欢忍不住想去更多地了解。可同时他又顾虑——从前，也曾有过些女生，初次交往感觉尚可，然而逐渐了解后又觉得她们与其他女生并无多大区别，只是善于伪装罢了，于是林欢飞快地逃脱。他怕松原带给他的也是这个结果。

------→

久违的秋雨连绵地下了几天，这一日傍晚稍停。吃过饭，林欢骑车来上夜自习。路上偶遇初中同学，谈了半晌，耽搁了些时间，等他走进校门的时候，第一节课已经开始了。高大的教学楼灯火通明，校园里静悄悄的。习习凉风吹得他全身慵懒，似要乘风归去。略一迟疑，林欢径自朝操场走去。

雨后的操场，干净而空阔，空气中弥散着树木澄鲜的味道，塑胶跑道水迹未干，走在上面"嗤嗤"作响。昆虫在草丛里吟唱。受到雨水的润泽，树叶的绿回复本色，纯正、饱满，不再如平常那样因受风尘的侵袭而露着病态。

林欢走到一棵树下，摇动树干，无数水滴顿时坠落，像是又下了场雨。他喜欢被雨水浸身的感觉，仿佛沐浴了树木的灵气和甘霖，整个人刹那间脱胎换骨。风吹拍着他的脊背，就如母亲的手轻轻拍打着他，风声就是他的摇篮曲。心旷神怡的林欢将眼睛闭上，仰起头，长久地沉醉，不晓得过了多久才慢慢地睁开。当他把视线下移的时候，他看到一个白色的身影从对面飘过来。

梦一样的身影。

夜色笼罩之下，林欢看得分明：长发披肩，白衣飘飘，是松原！

意外的邂逅令林欢激动不已，他挥臂叫道："松原——"

松原初始并未看到林欢，听见有人喊，这才迎上前去，看清楚是林欢。

异口同声："你怎么在这儿？"继而都开心地笑起来。松原见林欢露出孩子般的天真，感叹道："原来你也这么可爱，我还以为你从来只晓得深沉呢！"

林欢："我的纯真只对朋友绽放。"顿了一顿，又说，"我觉得自己是个多面人，逢不同的人，会有不同的表现，我也不知为什么会这样，但可以保证，哪一面的我都真实。"

松原点头说："你本就是一个很真实的人。"

林欢目视月色下的松原，一身宽大得惹眼的白运动衣愈显出她的娇弱妩媚，她的眼睛像星星，闪烁着水样的幽光。停了片刻，他忍不住问："为什么这时间过来？不怕黑吗？"

松原："是吗？我倒不觉得黑，教室里坐不住，就跑下来了，今天空气真好。"

他们走到主席台附近站定，林欢说："那天你作的报告很出色，我想不到这时候还会有女生去品读郁达夫——真的意想不到。你的理解很到位，很深刻，把一个旷世才子的心情诠释到极致，达夫若地下有知，一定很后悔自己没有迟生几十年，因而错过你这个知己。坦诚相告，我最热爱的作家正是郁达夫，长时间以来，我把他当做自己精神上的导师，喜欢他忧郁的气质和浪漫的情怀，所以那天因共鸣而产生的十足的惊喜也是可想而知了。"

松原呵呵笑道："我都明白，从那天你同我干杯的时候，我就明白。况且，你的气质和达夫又是那样的相似。"

林欢受宠若惊："我怎能和他相提并论呢，现在的我还太浅薄，经不起你这样夸的。"

松原悠然轻叹一声，对着夜空，喃喃地说："郁达夫……单这名字便内涵丰富却又暗示悲情，一个一生追求梦和爱的人，一个一生感情浓郁却又自编悲剧的人……"

林欢接着道："是啊，他将爱情想象得过于完美，然而王映霞却不能十分地满足他，幻灭的哀痛，皆尽于此。"

松原："所以，有时我就特想做达夫的小母亲，在他孤独苦闷时温暖他，在他恣意忘情时放纵他，在他迷失困惑时指引他，让他再不必为尘世所累，为情所困，呵呵，君生我未生，我生君已老！"

林欢只觉眼前这个女孩优雅得无与伦比，如若天人。他们谈了许多，因为郁达夫而使他们有说不完的话题，从《沉沦》到达夫的旧体诗，再到散文书信日记，英雄所见略同，相逢恨晚。

林欢由衷叹道："你这么优秀，身边定有大批的朋友围绕吧？"

松原想了想说："或许吧——有很多男生都把我视为知己，但我心里不以为然，而对他们的友情和付出，有时我挺无奈。"

林欢笑道："那你是在无意中伤了一帮男子汉的心啊，我却不想做伤心人。"

松原转过身对着夜空，自信地笑笑，说："你不一样的。"

林欢心中划过一抹感动，深沉的微笑在他嘴角倏忽闪过，他也转过身，两人一同望着深邃邈远的天空。

秋雨又下起来了，温柔的雨丝吻在他们脸上，旷远的土地烟雨迷蒙。

观望台下多了两个避雨的身影。

林欢见松原饶有兴趣地盯着墙面细看，问道："你在看什么？"

松原："校园BBS啊，你不看看么？"

"BBS？"

"枉你在这所学校呆了两年，此处乃我校高人隐士寄情留言的地方，你不知道？"

林欢走上前几步，只见墙上密密麻麻写满了字，有用粉笔写的，有用签字笔写的，有用铅笔写的，字体大小不一，如同一个签名册。

其中有一篇字体龙飞凤舞，林欢把脸贴上去，眯着眼睛，依稀看到：

> 当我醒来的时候，我发现自己好像少了些什么。最童真的欢乐悄悄离我而去，我已不再是懵懂的孩子。我懂了，我也许是最笨的孩子，我也许只是学习语言的机器……可是，我想设计飞机，我想研制新型导弹，我想做一名科学家，然而残酷的现实吞噬着我的理想，我失去了什么，傲世的心怀飞入青云，我难道只是苍茫天际中最

-------➤

渺小的一粟？我痛恨，我后悔，我怎会到这所学校来？优秀离我越来越远，考试离我越来越近，它成了我生命无法分割的一部分，我鄙世、我鄙视，哦不！难道我只是发牢骚排遣情绪的奴隶？我欲变成一颗流星，飞上天空。不！流星只有坠落，我正是一颗坠落的流星！也许只有临风而立，我才能认识到事物的美丽……我很聪明，也许是聪明过了头，我是笨孩子，听不懂习题，考试不及格，我是谁，我是自己，我是大地，我是蓝天，我在风依在，上帝依在，谁能拯救我？天地帮帮我，我逃不出我……

林欢"啧啧"地唏嘘，再看其他文字，似此思维错乱牢骚欲狂者多矣。也有来这儿忏悔的：

如果回到最初，我做了另外一个选择，也许我们已是陌路。回头望，旗杆那边的第一棵树，还会属于我们吗？我在深夜流泪，不让你知道，泪水洗刷以往的罪恶，滚烫地刻下爱你的痕迹。项链传递彼此的温度。你的悲伤与幸福，化为雨滴，敲击琴键，成为世界上最动听的声音，我说："看不见你就等于看不见整个世界！"那么在十年后，你是否还会与我牵手走在城市的某个角落，走在汹涌的人群中，暗暗

追悔感伤吗？

——致我深爱的哥哥

也有闲情逸致的：

> 没有推窗望月的情怀，
> 没有把酒临风的洒脱，
> 纵然逃到天涯海角，
> 逃不过漫无边际的寂寞。

也有通俗的：

> 小雪小雪我爱你，正如老鼠爱大米！

内容繁多，令林欢眼花缭乱，他对松原说："咱学校的高人真多啊！"

松原指着几行娟娟秀字说："看这里。"

林欢上前，是首词：

长相思·无眠

月妖娆，水妖娆，素女妆成寒怨消，江娥着眉梢。

花容凋，玉颜凋，凋落容颜退凤翘，十旬莫强邀。

- - - - - - - ➤

松原："如何?"

林欢赞道："好词，凄美冷艳，不知何人所作，今天算大饱眼福了。"忽然醒悟，"不会是你写的吧?"

松原笑笑："谢谢你的夸奖，我只是闲来无事信手涂鸦，贻笑大方了。"

林欢由衷道："你真优秀。"

远处隐隐传来下课铃声，松原双手抱肩，说："冷。"林欢晓得绅士风度，欲脱外套，松原伸手挡住他："别，你以为自己是铁打的吗? 咱们走吧。"

瑟缩的肩膀在渐冷的风中碰撞。很自然的，松原抓住林欢的手，笑道："用跑的。"于是两人在雨中奔跑起来。

雨在空中交织如网，四下响着安静而富有节奏的滴雨声，恍若诉说着绵绵的诗意。雨中的空气清新至极，林欢觉得远处的草木树丛似乎全部活了起来，欣欣然向他招手。在这灵性闪彻的一刹那，他内心涌来了一股巨大的喜悦之情，真可说是心花怒放了。灿烂的笑容挂在脸上，他第一次感到这座校园原来也是这般干净美丽。雨，大概真的可以冲洗去肮脏和污垢，还原本色。耳畔时有风声呼啸而过，他侧目看着松原，风激起她的长发飘扬，有时还会扫到林欢的面颊，欢乐的笑同样在她脸上绽开，深澈的眼神流转，止于和林欢的目光相触，灵犀一点，心有所通。她的掌心很热，连着林欢的手掌，透出一股暖流，直达他的心窝。

雾气愈浓，脚下似云催雾趱，足不点地，踏风而行，这是怎样的一种境界？

这个雨夜，林欢无心睡眠，靠在窗前，回味松原的话语，思量着她的风采。她是站在和他同样的高度，让他不必再费力地俯视，萍水相逢，推心置腹，因共鸣产生的心灵升华的快感，委实难以言喻。不，那本就属于自己，缘何要说出来呢？从前是乌云拒绝阳光的问候，如今，云雾尽散，封闭的门已经打开，久被压抑的浪漫冲破深沉的束缚，如堤防崩决，不可遏制地释放。

> 没有一个美的女儿
>
> 富于魅力，像你那样
>
> 对于我，你甜蜜的声音
>
> 有如音乐飘浮水上
>
> 仿佛那声音扣住了
>
> 沉醉的海洋，使它暂停
>
> 波浪在静止和眨眼
>
> 和煦的风也像在做梦
>
>
> 午夜的月光在编织
>
> 海波上明亮的锁链
>
> 海的胸膛轻轻起伏
>
> 恰似一个婴儿安眠
>
> 我的心灵也正是这样

　　倾身向往，对你聆听

　　就像夏季海洋的浪潮

　　充满了温柔的感情

　　第二天雨过天晴，阳光普照。林欢的心却还沉溺于一个绵绵长长的雨期。他走在路上，眼中的长街幻化成一派烟雨凄迷，这时候松原朝他走来，雨中她的身姿仍是那么优雅，他们的手牵在一起，互递温存，恍若昨宵……他郁郁地走进学校，终究未能遇到松原。他在三楼，而松原在四楼，虽只隔一个楼层，怕平常打照面的机会都不是很多。

　　大课间。林欢兀自难以从梦般的情境中回过神来。按捺不住，要上楼去找松原，尽管不知见了面该说什么，但只有如此，自己才能充实，思念方能缓冲。

　　下定决心，上楼。一眼就看到松原，正和另外一个男生临窗而立，谈论着什么，挺开心的样子。林欢忽然败下阵来，快速地退去，这正是他所害怕的，他明白这很没道理，但他无法接受与别的男生分享松原的美丽。

　　带着一副冷峻的面孔回到教室，一屁股坐下，有些疲惫。班里几对情侣坐在后边，莺莺燕燕，卿卿我我，好不亲热。林欢鄙夷地坐到前排，闷不吭声。

　　沉默了一天，太阳又开始向西方天际坠落。放学后，到走廊站立，球场上热闹异常，日渐寒冷的风吹不灭体育爱好者心中的热情，而林欢愁锁眉间，忧郁的目光飘到布满红霞的天边。

　　这时候他听见松原在叫他了。她已走到他身边，含笑问道："林欢，还不回家吗？"

　　听她鼻音甚重，林欢说："你感冒了？"

　　松原："昨天淋了些雨，受了点风寒，不过不碍事。"

　　林欢："那你吃药了吗？对不起，都怪我。"

　　松原见林欢说话犹望着天际，说："这怎么能怪你呢？不劳费心，药吃过了，妈妈还灌了我一肚子感冒冲剂，那滋味真难受。你怎么了？不开心？"

　　没有回答，沉默是林欢的"专利"。他在想上午松原是不是也同样如此询问另一个男孩子，郁悒便蒙蔽了他的思想，感伤在所难免。

　　松原见状轻轻笑笑："那我就不搅诗人在此深思了，再见。"

　　一声"再见"，伊人飘然离去，孤独依旧，他忽而觉得自己很可笑：一厢情愿把她当做知己，她却未必如此待你；又或者，你这样的朋友在她身边多如牛毛，也真的不差你一个。

　　秋风一天凉比一天，每一夜都会抖落无数枯叶，加厚的外套开始把人们层层包裹起来，城市日见萧索。

　　整整一个月，林欢没有找过松原，偶尔碰到几次，他甚至低着头躲避她友好的目光。感情燃到沸点，外在却很冷漠，他心中充满矛盾。松原无疑是他知己的理想人选，然而种种因素，又使得他们之间多了一道难以逾越的鸿沟。他想好好同她谈谈，可他感到不安，他怕自己的多情惊了松原的无心。

多数时间，他不去上课，一个人跑到操场上坐着，看渐枯的草地，看苍老的树群，看远处的高楼，看飘漾的浮云，这是排遣思念的"良策"。

他在观望台下的墙上写道：

> 爱是什么？
> 问山山无言，问水水无语。
> 爱，是心灵相通的震撼。
> 爱，是两情升华的共鸣。
> 深沉的人有深沉的感情，
> 姻缘在沉默中错失，
> 这也是美，这也是痴。

呆了半晌，又写下一首戴望舒的诗：

> 说是寂寞的秋的清愁，
> 说是辽远的海的相思。
> 假如有人问我的烦忧，
> 我不敢说出你的名字。

> 我不敢说出你的名字，
> 假如有人问我的烦忧。

说是辽远的海的相思，

说是寂寞的秋的清愁。

从清晨到日暮，他坐在那里，形如槁木。

晚些时候，松原来了。

在他身边坐下，问："告诉我，到底怎么回事，这样不开心？"

林欢转头看着她："没事啊，我没事。"

松原摇摇头，说："你在说谎，你的眼睛告诉我，你心里有事。"

隔了片刻，林欢说："你和你们班男生相处得很好啊。"

松原怔了怔道："哦……和他们本无话说，但不忍冷却别人的热情，你……"

林欢："那我算是你的朋友吗？我是指真正的朋友。"

松原失声笑道："当然是！不然我这么关心你干什么，你还爱答不理的，呵呵。"

林欢轻叹一口气，感叹道："人生得一知己足矣！这句话实在玄之又玄。"

松原追视林欢的眼睛："你到底怎么了？难道是我做错什么伤到你？"

林欢："不，不，你莫多想。松原，我是把你当做我最好的朋友，我……"不知如何再续，可单此一句，就让他心里舒服很多。

------->

"好了，不要再郁闷，我还担心你是不是受刺激了呢。"松原伸出手，忽然声音变得无限温柔，"拉拉手行吗？"

林欢依言，握住她手。

松原嫣然一笑："理性好累，需要偶尔放纵，比如酒精和任性。"

林欢迷惘道："你常和别人牵手吗？"

松原："不，在班里我可是老成持重，也难得率性而为，呵呵，只有遇见你这样的人，你——不会不舒服吧？"

林欢摇摇头："你刚才提到酒精，你常喝酒吗？"

松原呵呵笑道："我可是迷酒之人。上乘女人有花雕和香槟之分，极品男人有红酒与烈酒之别。"

林欢来了兴致："那你属于什么呢？"

松原自顾自说道："喝过花雕吗？温醇得让人以为它不是酒，后劲却足以媲美烈酒，并非是虚伪而是含蓄。香槟光彩照人，更适合制造气氛，而非月下独酌。"

林欢自嘲道："那我充其量也就是二锅头了。"

松原："我觉得你是红酒与烈酒的混合，深沉而热烈，有时却又难琢磨。"

气氛得以缓和，林欢的心情也好了许多，他们站起来，围着操场散步。

松原："我听别人说过，父亲拉女儿的手，总是握住她整个手掌，而恋人之间不同，他们都是五指交叉而握。"

林欢："那是否我们需要改换一下手形，我当你爸爸。"

松原开怀一笑，说："这倒不必，环境太可爱，心情太舒畅，是浪漫挑中了我们，不是我们挑中了浪漫。"

于是继续五指交叉，相依而行。

忽然无语。月淡风清，林欢不加修饰地望着松原，见她眼眉下的一泓秋水似是荡漾着淡淡的哀愁。心弦一颤，刹那间，林欢有一种想拥抱她的冲动。

忧郁使得林欢两眼发热，眼泪有随时坠下的可能。于是闭上眼睛，轻轻叹气。

松原不曾言语，心存疑惑。

沉默了良久，林欢幽幽地说："有时候我特别想拥有一个完全属于自己的女子，在我烦忧的时候，可以躺在她怀里哭泣、感伤、安眠。当我醒来，会看到她温存的眼波。也许只能在我的梦里，也许她只是我梦中的幻影。满腔的心声无处倾诉，还让别人以为我很坚强。我只能在黑暗的孤枕边拥抱一团虚无的幻觉，孤独的心渐渐凋零……"

松原不声不响地听完这一段话，似在沉思又像是感动，略一沉吟，欲言又止。

林欢摇头笑笑，说："我渴望了解，需要我爱的人的爱。这很荒唐，是么？这很疯狂，是么？遥远的未来，谁能穿过我梦中的影子？或者，我注定一生都会做着梦，绵绵延延，直到我死。我死的时候，还要带着深深的怅然和遗憾；死的时候，还在呼唤我梦中的女子……"

一阵风吹得松原遍身寒冷，说："你这样说让我心里异常难受。我是这样怀着一颗火热的心站在你面前，如果你的心仍是这般寒冷，那我算什么？"

　　林欢抬起头对着松原，四目相交，一种异样的心情在两个年轻的心灵中弥漫开来。

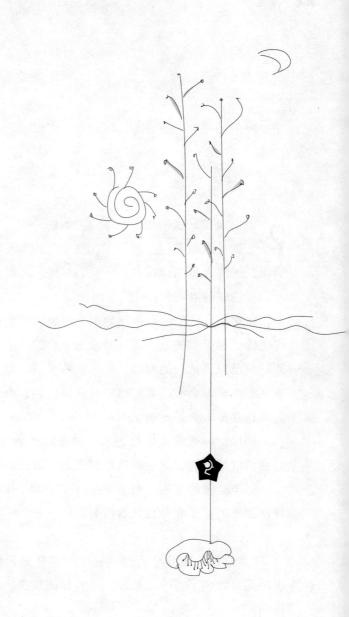

2 沉默支撑跃过陌生。有了这美好的一夜，林欢上楼找松原的次数明显多起来了。他事先根本不必去想谈什么，只消两人见面，就有说不完的话题，心有灵犀，忘乎所以，总嫌时光短暂。

林欢知道自己没有退路地爱上松原，也清楚松原非常在乎他，但于爱情上，他仍是没有十足的信心。他担心松原对自己只是纯粹的友情，是相惜的义气，如果真的吐露衷肠，她是否会被吓到？他宁愿选择伤心，也不要失去知音，这在他太弥足珍贵了。

并且，两人的谈话每进入一种比较美妙的情之境界，总会惯性地打住，这让林欢浮想联翩，继而如火焚心。

一个温暖的午后，林欢欲到书店淘书，约松原同往。松原为难道："我一会儿有事啊。"

"什么事？"

"是这样，我几个外校的初中同学要来看我，她们还说已为我物色了一个男朋友，要我和他见面，我是哭笑不得啊。"

林欢心中"咯噔"一声，面上不动声色："俗不俗啊，这样的聚会不去也罢。"

"我也不想去啊，可毕竟四年老同学，不去多不给人家面子。"

林欢心乱如麻，沉默地转身，孤傲道："那你去好了。"

松原叹了口气，说："你不会生气了吧？那我不去了，咱去书店。"

林欢说："不，你去，你去——我又不想逛书店了。你们好久未见了吧，玩得开心点！"

不等松原开口，转身径自一人走了，穿过花园，穿过宿舍，来到操场。他大步流星地走着，走着，到后来就跑起来了，如一只发疯的猛兽。他听到风在耳边呼呼咆哮，似在讥讽他的懦弱和自卑，狂乱充斥着大脑，这一刻，没人能懂他幻灭的哀痛。

汗水渐渐濡透了他的内衣。然而他没有止歇，他是要把自己拖垮。

最终他躺倒在地，剧烈的喘息令他上气不接下气，他扯开外衣，迎寒风入胸膛，秋日的阳光温存平静，将他笼罩在灿烂的金影里。

这一躺就是一下午，日头打斜的时候，他被冻醒了。

暮秋的傍晚来的特别早，苍茫的暮霭开始弥漫大地，不时有鸟儿的怪叫自林中传出，声声凄厉，林欢赶紧爬起来，整好衣服。

恍恍惚惚走到观望台下避风，看见自己写的字句，伤心地摇头。忽然，他看到自己文字旁边新添了几行字迹：

> 落花无意，
> 流水有情，
> 流水欲载落花去，
> 落花多情总无情。

这是松原的字，林欢认得。流水欲载落花去，那落花莫非是我吗？是我吗？心中的答案呼之欲出。

猛然之间，他又泄了气，像瘪了的皮球，想象下午松原与昔日姐妹见面热闹的场面，想象另外一个男生坐在她对面，两人顾盼传情，想象他们一起举杯欢饮……不能再想，他的心绪低落，仿佛坠入万丈深渊。

口渴难耐，去食堂买水。回来经过树林的时候，有人在低低地唤他。

长发飘飘，正是松原。

一前一后，两人默默地走进树林，停步于小池塘边。塘中无水，只有烂泥枯枝与树叶，上空无树木遮掩，有朦胧的月光照下。

林欢背对着松原，长久无语。

松原怯怯地说："谈心好吗？你这样我很难受。"

林欢"哼"了一声，说："你回来了？玩得很开心吧？男朋友帅不帅，优不优秀？好的，我不该问，若不优秀她们怎会介绍给你，是吧？"

松原动容道："是，我很开心，那个男孩又高大，又帅气，还有学识，我开心极了！"眼圈一红，颤声道，"林欢，今天下午我开心的不得了，我把自己关在屋里，生平第一次失约，我怪自己总是惹你生气！如果你高高在上的心容不下一个渺小的松原，那么我会离去，我会走开！"有一滴泪从她脸上滑落，转身欲走。

身后林欢冲上来，握住松原的手，惊诧道："你没有去吗？你一下午都在家里？"

松原昂起头："我不舒服，不想去。"

竟这样伤了她的自尊！林欢顿觉羞愧无地。

松原哽咽道："从小到大，我没有和人吵过一次嘴，我知道那不属于我，可认识你之后，我似乎变了，忘乎所以地关注你，心境前所未有的焦躁，我害怕现在的自己。"

林欢低沉地说："松原，你爱我，是吗？"

松原面颊不觉起了两朵红彤彤的云，亏得有长发遮掩。她低下头，不敢正对林欢深情迫切的眼眸，含羞带怯地说："不要轻易说出这个字，把它藏在心底好了。"

林欢心中隐然一痛："为什么要藏在心底？你是让我压抑自己么？这些天我的苦闷，我的抑郁，你可知是为了谁？你已唤醒了我的爱情，将梦幻注入我的青春，我想把这一腔的热情捧出来全部献给你，毫无保留，为什么你却要我藏在心底？"

松原叹口气，抬起头，星眼如波，没有回答。

林欢觉得身如火灼，一颗心被烧得炽烈沸腾，他捕捉着松原谜一样的眼睛，极欲知晓松原此刻内心的想法，他从来以为松原亦对他有情，莫非……他错了？想到此，心中的痛陡然加剧，声音也变得沙哑："告诉我，告诉我那游荡于天边的爱能否找到归宿？如果你终是这样默默不语，我会在黑夜里一直等着你。"

松原："你是上天赐给我的独一无二的知己。多少次，我暗暗感激上苍，让你出现在我的生命里，同你相识以前，我的青春一直是苍白而闭塞的，从没有任何一个人可以像你这样走进我的内心世界。"

林欢："只是知己么……"顿了一顿，又说，"在你心里，难道没有我的位置么？我，我是指爱情的位置。"

松原垂首沉思半晌，幽幽地说："听说知己是不能做情人的，因为爱情最自私，我不想因为那自私的爱失去做知己的权力，我想一辈子让你听我倾诉心声，一辈子让你懂我的痴语。"

林欢："爱人何尝不能是红颜知己，可知己却不能替代爱人，既然心中有爱，故作的冷淡和沉默，只会拉开彼此间的距离，那才是最痛苦的事，我不想再自欺欺人。"

松原被林欢紧紧抱着，听林欢此话终了，似乎很安心地把头贴在林欢肩上，双目闭上。

林欢心中划过一丝暖意，颤抖的手轻轻抚摸着松原的秀发，爱怜非常，轻缓地一字一句地说："流水欲载落花去，落花钟情随流水。松原，爱情烈火包围过来的时候，我们根本无法脱身。"

宁静的夜缱绻缠绵，激动的心缓缓退潮，一种静谧的幸福随徐徐的夜风悄然弥散。林欢轻轻触着松原的脸庞，见红晕尚未消去，薄而小巧的嘴唇鲜艳欲滴，心中一荡，低头就要吻去。

　　蓦地，松原用力推开林欢，长长的乌发遮住她清秀的脸孔，如忧如怨，她摇着头露出痛苦的神色，喃喃地说："不行，我不行，我不行……林欢，对不起。"

　　林欢不觉退后几步，清晰地听到胸口发出了一种类似骨头折断的声音，尖厉的脆响让他霎时感到昏天暗地。从山峰绝顶一下子坠入黯黑无际的深谷，这个过程迅速得让他接受不了。猝不及防的痛楚激出了他内心不能触摸的全部的自卑和脆弱，他的血液汹涌澎湃，却又透着刺骨的冰冷，他的身体剧烈摇晃着，声音无望而凄迷："怎么是这样，为什么你要如此对我？是我错了么？原来我一直是自作多情，呵，我多可笑，我多可笑！"话音甫落，已转过身去，踉跄了一下，继而发足狂奔起来。

　　松原心焦万分，踏上几步喊道："林欢，不要……"

　　一天里经受两次打击，一次比一次痛入骨髓，林欢麻木的心已听不到外界任何的声音。一口气跑到校园一处僻静黑暗的角落，听心在滴滴泣血，再也忍受不住，一跤跌倒，两行清泪潸然落下。期待的情缘原似镜花水月，目可视之却伸手难及，自编自导的梦幻最具嘲讽的意味，这一刻的悲痛欲绝，怨得了谁？

　　他不知道自己是怎样走回家的。凄清的长街令他感到前所未有的荒凉，人人面目狰狞，如噩梦中往来走动的野兽。云雾遮天，间或显出一弯碧月，泛出惨淡的寒光，使得林欢接连打了好几个冷噤，路漫漫若无尽头，魂飘飘何所依托？

终于回到了家，当林欢推开卧室的门看到他那张温暖的大床，强抑许久的疲惫猛然间漫过他的身体，双腿酸软无力，几乎站立不住。拖着沉重的腿爬到床上，抱住枕头，不争气的眼泪复又夺眶而出，大颗大颗的，流之不尽。松原的倩影犹在眼前盘旋，心中的孤寂却再也无人能够倾听。原来爱可以这样折磨一个人，满怀希望编织的梦境，一朝破碎得如此轻而易举，悲伤的感觉比过去任何时候都要强烈。这一夜，林欢翻来覆去，不能安睡，松原的一笑一颦总在不经意间划过脑际，浮光掠影，徒增迷惘。彻夜的煎熬直至东方发白，方才安静了些。哀莫大于心死，不堪的身体几近虚脱，透过窗户，林欢看到黯淡的天际荡漾着几抹灰色的云影，似凝万千哀怨，他嘴边不自觉呢喃出几行诗句：

> 前尘恨事浮梦影，
> 今朝梦醒悲若凝。
> 欲泣欲诉情依在，
> 不见当初梦里人。

掏出手机，发了一条很长的短信："夜深到黎明即将到来，想你的思绪同那晨风模糊我的泪眼，我在心撕碎的瞬间呼唤……你，能否听见？我深爱的女子，在那朝霞布满的天边，或许你还在安眠……昨夜我梦入大海，寻找我的心恋，寻寻觅觅，只有浪潮回应。我不断下沉，深海好冷好黑暗，我看到你安静地睡在海底的水晶床上，我的泪水狂涌，发疯似的跪在你床前，睡梦中的你仍挂着甜美的微笑，我想知道在你的梦中，是否也有我的影子……怎忍心惊动你，我的心恋，我的松原！悄悄地，在你枕边放一枝蓝玫瑰，像你一样高贵的蓝玫瑰，我的泪早融进海里，我对你说：我想你……在最冷寂的海底，我黯然地离开，我愿做你最忠实的歌者，夜夜为你绽放歌喉，环绕在你梦中……松原，向来痴者，一经心弦拨动，便从此醉矣。昨夜，我终于明白了自己的傻，与你相识以前，我从没有这样的爱过一个人，尽管苦涩多过甜蜜，我也不曾领略过两情相悦的欢愉，可我至少明白了爱的真谛：纯洁，无私，浩瀚如海，炽热如火。达夫说过，真正的爱是不许任何利害打算容于其间的，我到现在也明白了此话的涵义。可是，爱如此圣洁，我希望你不要嘲讽我的愚痴，对不起，让你受到了困扰，我很不安且自责，我不会纠缠的，我耻于那样，虽然痛得厉害，我也要试着忘却，将苦埋于心底，永作他日之回忆，也许经过时间的沉淀，会散发出迷人的醇香……"

看着手机上显示："信息发送至松原"，林欢的脸上忽而浮现出一痕苦笑，可心里终究舒服了一些。母亲在敲门叫他起床了。他含含糊糊地应了一声，翻身坐起，发现天已大明，朝阳染红了云霞，随风缓缓飘动。他犹如大病了一场，元神尚未复苏，昨夜发生的一切恍若一梦，如果细细追思，哀伤好像立刻又会蔓延开来的样子。

迷迷糊糊地走在街上，腿脚还是软软的。空气十分澄明，他的心里却布满了阴霾。他想，如果在学校里遇到松原，自己该表现出怎样一种状态？若是松原主动搭话，又将如何？他那不容别人轻视半分的自尊心会不会又起波澜？就在他愁上眉梢、郁郁寡欢的时候，脑后忽觉有一阵类似兰花清香的气息拂来，淡淡的却使人神清气爽。他转过身去，进入眼帘的是往来的人流，那尘俗不染的芳香从何处而来？视线上移，只见远处隐隐涂抹着几痕山影，他记起那是城市南郊的一座孤山，不高，连名字都没有，小时候父亲还陪他上山采过野花，摘过野果。此山因为默默无闻，游人罕至。林欢呆望着远处云山，愣了会神，伸手拦下一辆TAXI，他决定不去学校了。

秋风老了。林欢来到无名山脚下时，见遍山红透，秋意浓极，四面并无人影，眼所能及到的只是参天的古树。衰败的杂草盖住一条甚窄的山路，抬头望，几片轻纱似的云朵在山头荡来荡去。这座山的确没有什么特色，除了整片的树林，就是石头，不过清幽寂静的氛围还是让林欢欣喜不已，那红艳欲燃的树叶为寂寞的孤山平添一份浪漫的热情。他安闲地走在山中，用心去找寻方才令他迷醉的兰花气息。日头愈升愈高了，金光闪眼，朗朗的晴空一碧如洗，林欢觉得周遭的环境过于亮堂，即使此刻只有他一人，也觉似有无数冷漠的目光从四处散射而来，令他颇不自在。

也许我只适合阴暗的角落。这样想着，林欢的身子就钻入了山腰的一处树林，阳光太强盛了，穿过茂密的树叶，在阵阵清风的吹拂下，投下无数闪动的光影。偶尔会有一只麻雀从树丛中落下觅食，听到林欢的脚步声，又迅速飞走。秋虫放肆地叫着，有时一两只生物突然自草丛中蹦出，也不知道是蟋蟀还是蚂蚱，倏忽间影踪不见。

> 自然，你是我的朋友
> 更像我的母亲
> 在我愁苦难当的时候
> 是你温暖的怀抱
> 收容我孤零飘泊的心
> 这澄净透明的秋光
> 请你慢一点流逝吧

阖眼痴立半晌，林欢觉得林中的鸟鸣渐渐多起来了，开始是三只五只，到后来几十只乃至上百只，此起彼伏，聒人耳膜。他惊讶于这片树林里竟然藏匿了这么多的鸟儿。无休无止的啼鸣在他心里化作一串活泼而充满希望的音符轻快地奏着，在那一刻林欢听到了自己内心里的音乐，他因之明白了那些历来成就卓越的伟大音乐家为什么

------->

都喜欢到大自然中去寻找灵感，他隐隐后悔自己为什么幼年时不去学习音乐，倘他会谱曲，便能抓住这心中转瞬即逝的乐音，正如文学家捕捉灵感将之化为文字一样，这弥足珍贵的精神财富就能得以保存。

正在暗自叹息的时候，林欢忽而发现云烟缭绕的山顶依稀立着一个倩影，飘飘的长发让他立刻意识到那是松原，慌忙激动地跑过去，凝神细看，烟气散处，什么都没有，原来是幻觉。他惆怅地摇摇头，转过身，这时候有一片叶轻轻落到他的肩头，拿在手里，呆视着这色呈深红的落叶，眼中不觉就落下了两行清泪，无论躲到哪里，思念的情怀都会如影随形。他又摇了摇头，爱在心里波涛迭起，低着声音自伤自怜地说："红叶！红叶！………"

手机这时候响了起来，松原来电。坦白说，林欢一直在等这个电话，但他又不知该说些什么，而且他的自尊一度让他决定永远切断和松原的联系，犹豫不决间，铃声停止了。他倔强的心又隐隐觉得可惜，接着松原发来一条短信："你在哪里？为什么不接电话？"

同样的犹豫。隔了三分钟，林欢没有回复，松原又发来一条："能不能告诉我你在做什么？你生我气了是么？接电话，我不会耽误你太多时间的。"然后又是松原来电，急促的铃声持续响了两遍，林欢忽然异常愤怒，觉得自己像个受怜悯的弱者，想都不想便关掉了手机。

他郁郁地来到山顶，凭风远眺，一城之景尽收眼底。阅尽俗世繁华，身边没有恋人的陪伴，又有什么快乐可言？此时此刻，他多想松原能够同他牵手并肩，立于这座城市的最高点，那样他会向她朗读一首诗，然后让风尘把他们吹成两座荒坟，生如夏花之绚烂，死如秋叶之静美，无论怎样，灵魂始终相伴相依。想到这里，他笑笑，即刻面上又换作一副悲伤的神色，他开始在心里嘲笑自己那视如生命却于别人不值一提的爱情。如是忽喜忽悲地目睹红日在天空划了一道弧线，缓缓向西方坠落，他才把手机打开。接连而至的是十余条短信，几乎全是松原发的。对于林欢突然的人间蒸发，松原焦急万分，苦于他手机关闭，无法联系，偌大的城市，她到哪儿去找他？林欢看一条，心痛一下，最后三条短信是这样的：

"我明白你心里难过，你可以赌气不见我，可你让我知道你在哪里，是否安全，这总不过分吧？为什么你要如此对待自己？一天就快过去了，你却像消失了一般，你是在惩罚我么？抱歉，这种惩罚我不能接受，不能。"

"放学了，依然没有你的消息，我想我连生气的力气也没有了。第一次发觉这座城市如此之大，每到一个地方，我都抱着能找到你的希望，然而每次都是失望。落寞的街道，拥挤的人流，天欲暮而萧风起，我的心一点点沉入黑暗……"

"天色越来越凄迷，看着月亮和星星在天际慢慢浮现，我忽然觉得好害怕，给你家打电话，你仍然没有回家。林欢，这种负气的方式不好玩，只要能让我见到你，你骂我甚至打我一顿出出气都无所谓的，傻孩子，天黑了，收拾起你的愁容和悲情，该回家了……"

凛冽的寒风吹得林欢遍体生凉，手机险些拿捏不住，沉沉的暮色模糊了他的眼睛。手机又响了起来，这次他只迟疑了一秒，便按下接听键。

落幕的太阳在天际只剩下一条红线时，松原来了。浓浓的暮色中她的脸色苍白，眼若幽湖之水，深不见底，大概刚刚哭过吧。口未开，单是那含忧带怨的神情就让林欢心疼不已，如果他还有昨夜残余的勇气，真想立刻抱住她。事实上他只是落寞地站着，目不转睛地遥望远方。松原站在他身侧，头微微垂下，乌发如瀑，很疲惫的样子。

"你的朋友找你都要找疯了，又不能向你父母说，你不吱一声独自跑到这里，让多少人为你担心，你想过没有？如果再晚一些你还不开机，我想就会有人报警了。"

林欢不语，抬手指着青褐色的天空，天空下面，是一片五彩缤纷的霓虹，他说："见过原始草原上醉人的夜么？我们是悲哀的，这些东西将夜空点缀的多么俗气！"停了一停，又说，"我的朋友固然焦急万分，你难道不曾担心过么？"

松原："你这不是明知故问么？我若不担心为何给你发这么多短信，与你通话后又马不停蹄赶到这里？"

林欢苦涩地一笑，说："那我是不是应该谢谢你？了解我性子的人明白，我不会有事的，到这里来只是为了完成一次生命的吞吐，我如释重负。"

松原："这世界上有几个真正了解你的人？真正的了

解便有真挚的关心，你就忍心让这么多人为你着急，为你担心？如果你有责任心，那你有没有想过，你如此作为是很不负责任的！"见林欢眉梢上的愁云愈来愈浓，轻叹一声，口气和缓了许多，"还像个孩子般任性，什么时候能让人放心啊！"

林欢"哼"了一声，冷冷地说："今早发给你的短信收到了吗？"

松原点点头。

林欢："那是我耗尽最后的心力对你说的话，那一刻，我几乎在感伤中死去，我以为从此以后，我们会是陌路。"

松原："你是在向我诀别吗？"

林欢默然，他清楚，就算是诀别，他也无法做到斩钉截铁，他的心只是一片柔，水样的柔。

松原叹息着，慢慢地说："我一直把你当做此生的幸遇，能够一辈子交心，我已经很满足，不敢再有其他奢望，我怕上天怪我贪心，让你离开我。"

林欢："怎么是奢望？松原，你告诉我，怎会是奢望？我怀着赤诚的心对你，我的迷恋难道说没有依据么？你是在逃避，还是疑惑？我可以把心原原本本掏出来给你看。"

松原："我睁大了双眼，还是望不到前路，为此非常害怕，我怕日后你孤傲的心后悔当初的选择，我不能害你，我不想做罪人。"

像是找到了黑暗中的曙光，林欢因为急切而双目红热，爱如洪水潮汐，来势汹涌，他鄙视指天拜地的海誓山盟，一席深情的话语尚未吐出，松原却开口了："天色已晚，下山吧，回家好好休息，别再胡思乱想。"

林欢不甘心就此把话咽回肚里："可是，你觉得事情解决了吗？"松原把衣领上翻："至少现在是没有结果的，风好冷，我觉得身子快冻僵了。"见林欢的脸色又沉了下来，柔声道，"我不可能爱上其他人了，唉……总觉得这时候的爱情虽然圣洁唯美，却也脆弱易碎，一旦我投入进去，便没有回头之路，林欢，你明白吗？"

林欢迷惑道："你……可是……"

松原过去挽住林欢的胳膊，催促道："快走吧，你不觉得我们现在这样挺好么，可以毫无阻碍地倾心交谈，彼此的心灵澄净如深山清泉。总之，我很喜欢这种状态呢，你以后倘若难过了不去找我，而是一个人跑出来，我可真生你气了。"

林欢心头一甜，不再开口，他希望松原能够这样一直挽着他，哪知松原却把手抽了回去。

月色如洗，霜华遍地，秋虫又开始在草丛石缝间叫不停，一阵又一阵的冷风吹来，轻烟薄雾之中，黑浓浓的树林深处甚是诡异，好像随时有鬼怪跑出来似的。下山的时候，石阶上忽然蹦过一只癞蛤蟆，发出哇哇的怪叫，松原吓了一跳，缩到林欢身后，扯住了他的衣角。

林欢实则也被吓倒了，但反应不及松原强烈，他牵住她的手，感觉她手心沁满了细汗，安慰道："别怕，一只小生物而已。"暗夜之中，他嘴角的一朵花慢慢绽开了。

　　接下来的日子似乎平静了许多。他们不断地约会，去植物园喂鸽子，小河边钓鱼，城郊的野地里放风筝或是到图书馆看书、听音乐。过去从不吃零食的林欢也被松原带出了"坏习惯"，在他的斜挎包里，总是塞满了巧克力、口香糖、蛋黄派、薯片和可乐。许多人问林欢是否在和松原谈恋爱，林欢便高深莫测地笑笑，并不作答。很多时候，林欢常疑惑松原就是他的女友，因为她是如此真实地存在于他身边，他的爱从没有因松原的逃避而减退半分。向来桀骜不驯的林欢这次不得不承认自己的驽钝，是的，他看不透松原的内心，那千回百转的心灵深处，究竟藏着多少难以启齿的秘密？松原总在关键时刻岔开话题，这是林欢如今苦闷的唯一原因，他小心翼翼地轻叩松原的爱情之门，对方却宛若一触即收的含羞草，轻轻地躲闪开了，徒留下林欢深深的迷惘。

　　　　　　　爱情啊

　　　　　　　为何你像风又像云

　　　　　　　飘来荡去

　　　　　　　使我猜不透亦望不清

　　　　　　　可否稍停

　　　　　　　守候我欲吐的深情

再看似无意的投影
投影于你的波心
窗前那串黑色的风铃
风来轻散飘摇的灵音
它伴我一同歌唱：
我愿是你最初与最爱的人

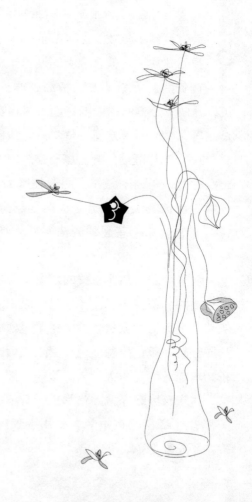

3 天气冷到了极致。圣诞节前一天上午，学校文艺部长找到林欢，让他在晚上的迎新年庆圣诞文艺晚会上演唱一首歌曲。碍着朋友的情面，林欢答应下来。吃过午饭，林欢发短信给松原要一起去买伴奏带，松原的回复却是家里有事，不太方便，林欢只能独自前去。

寒风刮人如刀，街上却十分热闹，因节日的来临呈现出一片喜气洋洋的气氛。看着往来如燕雀般的红男绿女，林欢忽而倍感失落，愈是失落他就愈是冷傲，媚俗的燕雀，又怎会懂得苍鹰的爱情？鹤立鸡群，只可惜形单影只。

好不容易找到他心仪的那家音像店，还没进门，他就被远处的一幕惊呆了。他看见松原正同另外一个男生喜笑颜开，那个男生竟然还抬手摸了摸松原的头，然后他看见松原轻轻一跳，稳稳地坐在男生的后车座上，表情满是喜乐，车轮转动，两人没入滚滚的人潮。

林欢双目圆睁地矗在那里，真不敢相信刚才所发生的一幕，他疑自己在做梦，就用手狠狠拧了自己一下，很疼，不是梦。

天！林欢刹那间感到天旋地转，一种被欺骗的怒火和羞辱倏地涌上心头，双腿剧烈颤抖着，险些就站不住了。他猛地推倒车子，呜呜地哭起来，转身往回走，全然不顾迎面过来的路人骇异的眼光。他哭得很伤心，很绝望，以至于喘不过气来。涕泪交融地掏出手机，发了三个字给松原："你骗我"。即刻收到回复："怎么了，把话说清楚些可以吗？"林欢发现自己的手也抖得不听使唤了，半天才又发了三个字："我恨你！"松原的电话立刻就过来了，林欢拒接，松原一连几个电话，林欢都是拒接，松原便又发来一条短信："林欢，你怎么了？能告诉我怎么回事么？你是不是有什么误会？接电话行么？你这样我很担心，接电话。"

　　此时林欢已停止了哭泣，冷风把他脸上的泪水吹干了，火辣辣地难受，望着松原再次打来的电话，林欢依然拒接。他恶狠狠地盯着手机屏幕，冷笑声声，发出一条短信："你骗我，我恨你，我永远不要再见到你！永远！"然后他就关掉了手机，心痛的感觉涌上来，眼泪又哗哗掉下来了。哽咽着不知转过多少街，蓦然止步，发觉已走到了自家楼下。

　　只有保姆在家。他进了自己的房间，钻到写字台底下继续哭。保姆被吓坏了，一个劲地在门外敲门，问他怎么了，林欢不应，哭得越发伤心。也不晓得过了多久，他感觉泪都流尽了，才虚弱地出来倒在床上，恍惚间似有人在推自己，然后他听到母亲的声音："小欢，出什么事了？

是不是病了，哪里不舒服么？还是谁欺负你了？"

只有母亲才是真正疼自己的。林欢眼圈一红，又欲落泪，然而他什么声音也没发出，任母亲在身后劝慰良久，给他盖好被子，带门出去。

一片烟云缥缈，你的长发遮住了你的脸孔，松原，是你吗？芙蓉雕嫩脸，杨柳堕新眉，是你，松原，这一刻我把你看的分明。松原，你知道我有多爱你吗？这绵延的思绪会化作千言万语，尽管我不说，但我相信你能懂的，是的，松原，我一直以为你懂我的心，只是惶恐未来的变动，因之我耐心地等待，等待有一天你接受我暖暖的怀抱。我的灵魂是诗，你亦然，我心里的草原只允许你一人进入，松原，你明白么？我沉醉于你浅浅的笑，也迷恋你指间不经意散出的柔情，我于是也笑着，可你能否体验我笑容里的苦涩？萧风一轮回，斯人独憔悴，找到你我就不想再放手了，只愿你不要让我在寒风里等得太久。世间多少摧人肠断的情缘让我为之动容，松原，我坚信天上那颗属于我们的星会永远地闪烁。

好冷……是下雪了吗？风啊，它不断侵袭着我，将我的心吹成了一块腐朽苍老的树根，我在关于你的历史中沉思、迷失，空间里除却你的音容笑貌，更不会有外物的介入。松原，松原，我看见一片宁静原始的湖，我断定那漫漫烟水、隐隐云山里有你洒落如雨的魂灵，不能用言语形容的美，我只能静心沉醉。鸥鸟闲步的地方，芦苇一夜白头，苦苦守候的老树根呵，你痴痴目视着青幽的神女峰，千年的坚贞化作铜镜的两道泪痕，在等待与等待的漫长孤寂里，我是那面青铜古镜，铭记你绝世的容颜。

松原，你一定要离开么？可不可以留下来陪我？陪我看燕子归来，春暖花开？松原……不要走……松原，他，他是谁？你们牵着的手是告诉我要绝望和放弃么？……松原……为什么……松原……

天黑了一半的时候，林欢猛然从沉溺的梦中醒来，一种苍凉之感在心中迅速蔓延开去。母亲推门进来，说："小欢，你同学来电话，像是有急事。"

林欢摇摇沉重的脑袋，说："不想接。"

母亲说："最好去接吧，一下午打来三个了，别耽误了事情。"

林欢："男同学还是女同学？"

母亲："男同学。"

林欢就下床到客厅接电话，是文艺部长打来的，关于林欢晚会唱歌的事。林欢说没心情唱，部长心急火燎地说节目已经报上去了，节目单都定出来了，还说这次晚会规模挺大，不少校领导也将应邀出席，林欢无论如何是推不得的。

此时的林欢觉得脑袋疼的快要炸开了，实在没什么精神唱歌，但毕竟答应了人家，怎能做言而无信的人呢？于是保证在四十分钟内携伴奏带赶到学校，对方在电话里一阵千恩万谢。

音像店里。林欢本来演唱的歌曲是《故乡的云》，但他稍作迟疑，买下一盘张国荣的VCD专辑，因为里面有一首他钟爱的歌曲：《当爱已成往事》。在这个分外悲伤的平安夜，他想以一首同样感伤悲情的《当爱已成往事》为过去这段情感画一个句号。

晚会在学校的科学会堂举行，林欢的节目被安排在中间偏后。后台里"人才济济"，有的在吊嗓子，有的在大声读着主持稿，有的在熟悉舞蹈动作，只有林欢坐在一个不起眼的角落里沉默不语。周遭紧张和欢乐的气氛似乎与他全不相干，似乎他只是一个局外人。那双带有仇恨的眼睛冷冷地扫视每一个人，然后他就看见松原朝他这边走过来。奇怪，心跳在加快……不争气的林欢啊，她对你这般无情，你还留恋什么呢！他把脸扭过去，可是松原已经走到他身边，叫他的名字。林欢咬咬牙，不说话，忽而怨愤地起身，想走开。松原从他身后拉住他，他的脚便迈不出去了。喧闹的气氛突然平息了，屋里所有人的眼神齐刷刷地印在他们身上，还有几个女生在旁边窃窃私语。松原脸上微微泛红，抓着林欢的手垂下来，林欢则目光一转，眉梢的冷意刺痛了旁观者。于是喧闹依旧，忙碌如初。松原低低地说："林欢，我不知究竟出了什么事让你愤怒，但我知道其中定有一个天大的误会，希望你能把你恼火的原因告诉我。"

林欢鼻子里甩出一个冷"哼"，幽幽看了松原一眼，开口刚要说话，忽然听见有人高喊："林欢过来准备，下个节目到你了！"

林欢应了一声，转过脸时见松原已靠近他一步，一阵玉兰花般的香气扑鼻而入，同那日他在街上闻到的兰花气息一模一样，催人魂销。她的眼睛紧紧跟住他的眼睛，急促而不失温柔地说："请你务必暂时放下所有悲愤和难过，唱完歌不要走，等我！等我的节目结束，我一定会给你解释！"

　　当林欢徐徐走上台，刺眼的五彩灯光散射出华丽的出场效果，这令不常登台的林欢多少有些晕眩。叫好声、掌声轰然响起，他看到可容纳五百人的科会会堂里座无虚席，四个入口也堵满了人，不知今天到底来了多少宾客。人头涌动，如黑暗的海上掀起波澜。《当爱已成往事》浑厚和悲剧气息浓郁的开头音乐缓缓响起，五彩灯突然熄灭，全场一片黑暗，聚光灯如注，将林欢圈在舞台中央。深吸一口气，音乐让他气定神闲，融入其中，就忘却了前面无数双注视的眼睛。林欢知道此刻他站的地方是他的舞台，他是主角，黑暗与光明交织的瞬间他又想起了松原。流水终入海，落花空凋残，这一腔炽热的情感，教他如何封存？唯有统统锁进心海，当做遗落在风中的往事。怀着落寞的心情悠悠开口，他闭上眼睛，陶醉在自己的歌声里。他的手指向天空，指向大地，欲挽风，欲捞月，似抚愁，似拨琴，挥洒自如。

　　　　　你不曾真的离去

　　　　　你始终在我心里

- - - - - - - - ➔

我 对 你 仍 有 爱 意

我 对 自 己 无 能 为 力

人 生 已 经 太 匆 匆

我 好 害 怕 总 是 泪 眼 矇 眬

忘 了 我 就 没 有 痛

将 往 事 留 在 风 中

一曲终了，四座俱惊，掌声如潮，赞声雷动。

林欢返回后台，不少同学围拢过来向他祝贺，他看见松原站在不远的地方向他露出赞许的笑容。

隔过一个节目之后，轮到松原登台了，经过林欢身边时她又特意说了一句："等我。"

松原的节目是舞蹈。当她柔美的身姿在舞台上化作一朵云飘进林欢眼睛的时候，他那逐渐褪色的心灵再一次焕发出鲜艳的色彩。这个傲立于世间的奇女子，究竟会带给我多少的震撼和感动，又将牵动我多少的深情和思念？两个精神上都如此孤独的人为什么就不能相爱呢？他的心又复郁郁的，看着云飘来闪去，时而激情似火，时而静美如诗。

松原，我等着你，等着你对我说我看到的只是假象，那只是你身边的一颗尘埃；等着你"流水欲载落花去"的诺言；等着我们的精神彼此融合，迸发出闪电般的光辉。

一阵又一阵掌声急雨般扎进林欢耳膜里，他也跟着拼命鼓掌，而且从心里莫名其妙地涌上一股自豪之情。台上的松原眼波流转，向观众微笑致谢，这时候，林欢看到上午遇到的那个和松原在一起的男孩手捧鲜花，春风满面地走上台来。

松原接过鲜花，同男孩轻轻抱了一下。

笑容在林欢脸上凝固了，他听见心里猛然炸开成百上千个讥笑嘲讽的声音，他为自己此刻的存在感到耻辱，震惊令他忘却了愤怒而行走如风。当他感觉凄冷的黑夜将他重重包围时，科学会堂早被他远远甩在后面了。树群在昏暗不明的路灯下浮现出诡异的幽光，恍惚中他看到一个白衣飘飘的女子飞过长空，隐于树林，劲风吹散了她的长发，鼓起她的衣裙，一曲清歌在密林深处响起，悠然而绵长。林欢停步驻足，挥手向梦中的女子告别。

一阵急迫的脚步声由远及近，来到林欢背后，他转过身，见松原喘息着站在他面前，脸上的粉底和淡淡的眼影还没有洗掉，为本已潮红的面颊更添一份妩媚。跳舞的服装也没有换下，只披了一件羽绒外套。

林欢喃喃地说："既然走了，又何必回来。"

松原有些来气："说好了的，为什么不等我？"

林欢的表情似是结了一层冰霜，迅速扫了松原一眼，转身就走。

松原忍住怒气，跟在林欢身后："我做错了什么？以至于你如此对我，我做事从来问心无愧，为什么你连说也不说一声，就把冷漠和背影丢给别人？"

-------➔

林欢无语，自顾自大步流星地向前走。

松原兀自喘息不止，双脚有些跟不上，就站住不前，看着林欢的影子一点点变得模糊，大声说："你怎么可以这样？你考虑过我的感受么？我到底哪里做错了，你为什么不说？你知道我有多委屈么？好，你走吧，你走吧！"

林欢停下来，冷冷地说："你也会委屈么？我以为你欢喜得很呢！"

松原瞪大了眼睛，说："你什么意思？"

林欢："你还记得那天晚上在无名山上你对我说过的话么？"

松原："我对你说过的话有很多，你指哪一句？"

林欢："你说，你不会爱上其他人了。"

松原："是，我说过，千真万确。"

林欢目光一闪，恨恨地说："那上午骑车带你和刚才献花给你的那个男生又是谁？不要说你不爱他，不要说你和他在一起只是游戏，如果真相如此，我只有更恨你，同时，为你感到耻辱。"

松原在林欢说话时一直摇头，听到最后一句，眼圈一红，险些坠下眼泪，笑里含悲地说："我总算明白了你愤怒的原因，原来今天上午你也去了那条街，但是，你知道那个男生是谁吗？他是我的表哥，也是我在家里唯一的兄长，我们小时候住在奶奶家，感情特别好，后来他去上海读初中，我们没有见过一面，今年他考上了当地的一所大学，寒假回来探亲，我们兄妹十几年不见，真挚的感情却搁在心上不曾淡忘，他听说今晚我有演出，就带我去买服装，还特地预订了一束鲜花来为我捧场，我并非爱慕虚荣，却感动于哥哥十几年不变的体贴，林欢，这样说你还会生气么？你告诉我我做错了吗？"

林欢轻叹一声，心中释然，说："他真的是你表哥？"

松原忽然怒气勃发，颤着喉咙说道："你不相信我？我什么时候骗过你？在你心里我就这样让你怀疑么？那又为何把我当做最好的朋友？"一边说，一边忍住泪水，继而又加了一句，"我心里已装不下别人，我以为你知道的。"

林欢走过去拉住松原的手，想说对不起，又觉不顶用，沉默了好久，他说："从上午到现在，我的心始终被一只无形的手撕扯着，疼的昏天暗地，疼的万念俱灰，我想，大概是我太在乎你了吧。"

松原疲惫地靠在林欢肩头，语轻如缕地说："你的感受我何尝没有？我这一天过的丝毫不比你轻松，上午莫名收到你的短信，委屈得不行，你一生气就关机，我想解释都找不到你，就这样任着心痛纠缠，心力交瘁。有些时候，我真想放下对你所有的感情，回到过去那个清冷寂寞的世界里，也胜比现在动辄就难受强。可是，冷静下来我发现我根本做不到，这让我十分诧异，从没有一个人像你这样令我牵心挂怀，坐卧难安。林欢，如果你珍惜我们的友情，以后就不要再这样任性冲动，我真的受不住任何波折了，真的。"

------->

月朦胧，夜寂静，忽而一声轰鸣，远处夜空上绽出一朵五彩绚烂的烟花，一瞬即灭。鞭炮声接连不断，震耳欲聋。朵朵烟花在黑暗的天幕上变幻无常。松原"呀"的一声，欣然望去，生怕错过这稍纵即逝的美丽。

林欢想这诚然是一份意想不到的浪漫，情动处，他忍不住说："我爱你。"

轰隆隆！三个字恰被鞭炮声淹没，松原回过头来，问："你说什么?"

林欢顿时涨红了脸，无辜地说："没什么。"

松原："今晚是平安夜，我不想受到坏情绪的摆布。"

林欢点头称是。

松原："那我们许愿吧，上帝正在天上看着我们呢，听人说平安夜许愿很灵的。"

于是他们各自闭上眼睛，紧扣双手，相对许愿，过了约有半炷香时间，林欢先睁开眼睛，见松原仍是阖眼祈祷，脸上写满了虔诚，他说："小姐，上帝都睡着啦!"

松原"扑哧"一笑，睁开眼睛说："你许的什么愿?"

林欢："不告诉你，说出来就不灵了。"

松原："呵呵，说的也是，我只是好奇而已。"

林欢见她笑时娇若春花，媚如秋月，意致缠绵，深吸一口气，从容不迫地说："松原，我爱你。"

松原敛起笑容，低下头羞怯道："我知道。"

林欢："我嘴笨的厉害，这样的话，怕是说不了几次。"

松原脸一红："我又没强迫你说。"

林欢："那就请让我收存你包裹已久的爱情，我也会把心交给你，让你收存。"

松原谜样的眼睛里掠过一些慌乱，心事满满，默默无语。

林欢见松原在冷风中瑟瑟发抖，伸臂紧紧将她拥住。此刻恰有两个学生从旁经过，侧目而视，松原面颊烧得一片绯红。想推开林欢却无奈他抱得太紧，她听见他在耳边梦呓般说："流水欲载落花去，落花却不懂流水幽弯曲折的心，只愿这个平安夜，是你我童话般的开始。"

松原听见自己的心跳了，这于她来讲并不陌生。每次和林欢交往，她都能听见这令她慌张的心跳，只是这一次的跳动，比任何时候都要强烈。她小心翼翼地说："你会这样爱我到尽头么？生命的尽头，深不可测，我怕在岁月的流逝中遗失我所有珍爱的东西，若那一天迟早来临，我会痛不欲生。"

一种接近伟大的使命感在林欢心底悄然升腾起来了，他的所有的感情都倾注在眼前这个被他紧抱着的女子身上。"是啊，生命的尽头，深不可测，我望眼欲穿，仍是一片模糊，但既然确定这份沉甸甸的感情如此神圣，如此纯洁，又惧什么时间的考验呢？请带着坚定的心同我一起上路，我会陪你走到生命的尽头。"

松原沉醉地闭上眼睛，她已不能再用理性的忧虑抵挡一次又一次潮汐般的感动，世界黑暗，她双目如盲，只想溺于爱海，再不辜负这过早到来的爱情的呼唤。

林欢眼中蒙上一层类似星光般晶亮的喜色，他向松原的唇边靠近着，听到她越来越清晰的呼吸。

他的眼睛也闭上了。

松原的手机突然不合时宜地响起来，掏出来见是表哥来电，说："哥哥找我呢，我得赶紧回家了，你看天都这么晚了。"

林欢失落的无言以对，便只"噢"了一声。

松原收起手机，整整衣服，说："天冷得厉害，你要多添衣服，别逞强啊，我走了。"痴痴凝望林欢一眼，走出几步，又停下想了想，说："家里人正担心我，我现在必须走，有什么事情，以后再说吧。"

林欢再一次看着松原走入黑暗，不久即影踪不见。他惶惶地注视着雾气弥漫的夜，忽然十分害怕，诗意总是来得太快去得太急，明天又是新的一天了。

翌日圣诞节，学校放了一天假。一整天的天气都不好，从早上天空就灰蒙蒙的，一直持续到下午，一如林欢的心情。他把自己关在房里，清早起床，他就盼着松原的电话或者短信，然而手机始终安静地躺在枕畔，除了几个朋友的节日问候，并不见松原的信息，他的心一点点沉了下去。窗外的街道上不知徜徉着多少喜乐的红男绿女，有谁知他心之孤寂？他时而绝望，认为松原的回避和冷漠依旧如故；时而又不甘心，暗自对自己说松原不久即会来电。等啊等，窗外又是一片苍茫了，他心灰意懒地躺在床上，用被子蒙住头，不知该死心还是该叹息。

手机响了！林欢惊坐起来，见是松原一条短信："你在哪里？"

回复："我很想你。"

松原："我在植物园一笑湖畔，有空出来么？"

回复："稍等，马上。"

又是暮气沉沉的黄昏，他们相对站着，中间隔出约莫十米的距离。这次没有开口，他们默契地走过去拥在一起，任干冷的风在耳边奏起浑厚磅礴的曲子。林欢百感交集地说："我以为今天你不会跟我联系，我以为昨晚已成永夜，这一次，你不会让我悲伤了吧？"

松原好像是心事重重，说："我能够心安而不再慌张吗？我能够坚定而不再迟疑吗？林欢，我让你郑重地回答我，你的爱不是一朵飘移不定的云。你不必急于回答，我希望你认真地想，认真地答复。"

林欢："是的，松原，是的，我可以郑重地回答你，我的爱是那轮亘古不变的太阳，一百年、一千年、一万年，每时每刻放出炽热的光芒，围绕在你身旁。黑夜如同浮云，怎经得住阳光的照耀，让它远远离开我们吧。"

松原："正因为你太耀眼太出众，我才生怕自己的浅薄卑微影响了你的灿烂，我怕做你的累赘，我的自卑从来深藏不显，可是，为了我用生命追寻的高贵、圣洁的爱情，我顾不得了。"

林欢："你的顾虑加重了我的惭愧，我的灵魂游荡的太久了，太倦了，我担心冬天的风冰结了我枯井般的心，请容我步入你的春天，不要因为过多的误会而错过，答应我，别再这样忧虑下去了，我们吃的苦头还不够么？"

松原安心地把头贴在林欢胸口，甜蜜地说道："你的话使我坚定，爱让我如此满足，谢谢你，欢，从今以后，我不会再自欺欺人。"

林欢的双眼一刹那就红了，激动得头脑发晕，松原灿灿地说："昨天晚上，你还记得对我说过什么吗？"

一痕微笑闪过林欢的嘴角，他动情地说："我爱你。"

松原歪歪头，说："没听到。"林欢又说了一遍，松原说："还是没听到。"林欢不好意思说了，看着松原娇嗔的表情，情不自禁地吻过去。

松原"噫"地一声，只觉身子坠入一个充满欢乐的深蓝色漩涡，全身血液贲张，手脚轻飘飘的如临仙境，有种被幸福吞噬的感觉。她第一次如此强烈、真实地感受到林欢传递过来的爱的讯号，她知道自此之后，她踌躇难决的芳心沉埃落定，林欢两个字刻入骨髓，她不再惧怕，不再逃避，朝茫茫的未来迈出坚定的一步。

忘情的拥吻让林欢几近神志不清，压抑许久的心情一旦找到喷发的出口，就如黄河泛滥一发不可收拾。松原何尝不是一样？这一吻绵绵长长不知过了多少时间，直吻到呼吸艰难透不过气来，仍不愿分开。有一个声音在林欢心间反复地呼喊："这不是梦境吧，上天如此厚待我，我该怎么去珍惜？从这一刻起，我可以真正去嘲笑那些庸俗的爱情，精神上的知音成为现实中的伴侣，让那些俗气的人去羡慕吧，他们永远也无法领悟和企及，我好开心，开心得飞上了天！"

夜阴一刻一刻深了起来，他们仍是深情款款地相拥而立，细细品味爱带来的深沉、陶醉、欢愉和满足。一眉碧月在湖面上投下清冷的银辉，波光粼粼，泛着青色，枯秃的树影在风中缓缓摇动，远处钟楼上的钟声响了十一下，天地一片萧瑟，植物园被浓浓的黑暗统治。

松原："太晚了，该回家了。"

林欢说："我送你。"骑车带着她，一路上默默无语。将到松原家楼下的时候，她说："停这儿吧，我怕妈妈在楼下等我。"

昏暗的路灯照着他们深情的脸庞，如梦如烟，似有千言万语，又不知从何说起，只希望时间就此停滞。

林欢："我此刻也在深深思念着你。"

松原动容，走过去拥住林欢，无言感动。

林欢："这一次，你不会再离开了，是吗？"松原嫣然一笑，甜甜地说："傻瓜，我的心是你的，除非你赶我走。"

林欢点点头，他心安了，想想这一段坎坷的心路，现在终于可以满足了，停了一会儿，他说："明天早上我来接你，以后，我天天都来接你。"

松原："不，我不想透支你的热情，也许现在我已经在患得患失……"

　　林欢："对你的热情，用之不竭。乖，快回家睡觉，明天早上在这儿等着我。"

　　松原点点头不再言语，她的心情和林欢是一样的。

　　翌日天不曾亮，林欢早早起床，洗漱毕便出门，外边风吹得正紧，刮人如刀。林欢浑身觉得精神抖擞。他家和松原家相距六七里路程，这一路下来，总把他累得身上冒汗。可他早松原比他更早，在街口已等候多时了，长发素装，楚楚动人。

　　林欢心潮起伏，仍觉身处梦境，谁也没开口，松原微笑着坐在他身后，车轮缓缓转动，时光都跟着静谧下来。

　　林欢："松原，你知道现今中学生恋爱最具讽刺意味的是什么？"

　　"说说看。"

　　"是善变。最初，口口声声说我爱你，几天或几十天一过，新鲜感丧失，便说分手，浅薄的心灵尚且故作呻吟：'唉！我失恋了！唉！我好忧伤啊！'真令人作呕。"

　　松原被逗得笑了："爱是世界上最神圣的东西，这种小孩子的游戏，未免与爱相差太远。有爱，就应让它长久，没有责任的'爱'，在时间面前不堪一击。欢，坦白说，昨夜面对我们的爱，我甚至有些战战兢兢。"

　　"为什么？"

　　"我怕告别，怕渺茫的未来，怕不经意的伤害。"

　　"可你还是选择了我。"

　　"因为林欢是最优秀的，"顿了一顿，她说，"但你不能骄傲！我们在一起了，我想以后也在一起，因为爱，我们会越来越丰富，越来越深刻。所以，我不想——我知道你也不想，时时刻刻沉溺在儿女情长里边，不能自拔，那样目光未免太短浅，我们要的是热烈并且高贵的爱，为了并不遥远的未来，我希望我们能一齐努力，从这个小城市中飞出去，外边有我们更广阔的爱的天地，你说对吗？"

林欢忍不住嗟叹："松原，你究竟是不是人间的女子？为什么我心中所想你全然明了，你的慧根究有几何？人生得遇松原，夫复何求？我的快乐不知如何表达。我虽是被感情支配的人，但因为爱，因为了解，因为共鸣，我将永远坚持对你的忠诚。谢谢你，爱人同志。"

松原低首娇羞道："都快被你夸成西红柿啦！唉，永远到底有多远呢？我只要我们过好每一个踏实的今天。"

4 林欢和松原恋爱一事，几日内在校园中不胫而走，毕竟两人心高，根本不在乎别人的眼光，况且出双入对，气态非凡，顾盼有情，明眼人一看就明白。

爱情的力量是伟大的。尽管林欢一向反对应试教育，对于松原，他是那样的珍惜，绝不想只有现在没有未来，所以一扫往日的消沉，学业上颇有起色。

两人爱的饱满、深情，一个人却看不下去了。此人姓钟，是学校的教育处主任，虽还称不上老太太，论年龄也早该退休了。按她老人家的话讲："还是放不下学校的这群孩子们。"因此仍在学校任职，主要负责后勤，实则大事小事，总揽包办，只要是她看不惯的学生，总会想方设法劝说开导，而使得"回归正道"。举一例，若在夏天，她是万万不容许女生穿不带袖衣服的，认为那是伤风败俗。一旦发现，叫来训斥一番，然后令其回家换之，故而得罪不少人，若非年长，恐怕挨揍的可能亦是有的。

钟主任尤其对学生早恋深恶痛绝，且整治手段颇有一套，拆散"鸳鸯"无数，"功德"无量。

她对林欢是很关注的。林欢的父亲少年时就在这所学校就读。当年钟主任尚在教书，恰好教林父政治，后来林父壮年发达，为表示不忘培育之恩，遂捐款在学校建了座图书楼。揭幕的时候林父请钟主任上台讲话，这令她十分风光，据说后来她荣升教育处主任亦是受此影响，因此，对林欢上心实是自然而然了。

然而林欢并不买她的账，对于她教导学生的方式，林欢不以为然，谓之"粗俗至极"。钟主任气盛之人，当然受不了林欢的傲慢，有心想"开导开导"他。

据眼线报告，林欢近来神采飞扬，与本校一女生走的很近，疑为情侣，钟主任蹲点观察，目睹林欢和松原推车出校，凭借多年的经验，一眼就断定两人关系不正常，遂立即将此事安排给了林欢的班主任胡老师。

当天晚自习，胡老师把林欢叫出来。

"最近学的怎么样？"

"挺好。"

"嗯，名次上来了，心还需静一静，我看你这段时间有些浮躁哪！"

林欢听他话中有话，便缄口。

胡老师犹豫片刻，说："你是不是早恋了？"

林欢不喜欢"早恋"这个词，他认为爱情与早晚无关，何时为早？何时算晚？一个没有意义的话题。

胡老师扯了一大堆早恋不好的例子，自觉完成了钟主任的"任务"，见林欢不温不火地站着没反应，有些挫败感，不过林欢向来如此，他也没辙，只说"好自为之"，便让林欢进教室。

晚上送松原回家，林欢提及此事，松原有些担心："我觉得我们现在的确有些招摇，学校里耳目众多，若真有人计较，麻烦就来了，收敛些吧。"

林欢笑道："你也崇尚地下活动吗？没关系，身正不怕影子斜，我们又没做损人利己的事，让那些俗人说去。"

松原："我只想安安静静地和你在一起，不愿意我们的世界受到打扰，遭遇什么风波。"

林欢点点头，说："我是该为你想想的，对不起。"

自此两人"收敛"不少。学校里不再一起走，但出了校门手便牵在一起。胡老师以为自己说教起效，暗自得意。相安无事了月余，要期中考试了，气象台预报，几日内将有大雪降临。

考完最后一场，林欢想和松原去操场走走。

天寒地冻。朔风吹得红旗飘动，猎猎作响，如一团燃在空中的火焰。走了一会儿便不能行。浑身上下似起了痉挛，便避到观望台下。看见他们曾经的留言，相视莞尔。

松原："纯白的天使还不曾降临人间，我等的焦心如焚。"

林欢："不要心急嘛，或许当你明天梦醒，推窗而望，大地已披上银装。"

松原："记得小时候每逢下雪，别的孩子都是打雪仗、堆雪人，只有我站在一旁，张开双臂迎雪而舞，口中念念有词，这举动着实吓着了人家，都不跟我玩了，呵

-------➤

呵。年年雪落，年年一个人，并非害怕孤单，我的心已在飞扬的雪花中沉静。"

话说的平静，林欢听的动心，怜爱溢满他的胸口，对着苍黄的天际，仿佛雪将落下，朗朗吟道：

> 假如我是一朵雪花，
>
> 翩翩的在半空里潇洒，
>
> 我一定认清我的方向——
>
> 飞扬，飞扬，飞扬——
>
> 这地面上有我的方向。
>
> 不去那冷漠的幽谷，不去那凄清的山麓，
>
> 也不上荒街去惆怅——
>
> 飞扬，飞扬，飞扬——
>
> 你看，我有我的方向！
>
> 在半空里娟娟地飞舞，
>
> 认明了那清幽住处，
>
> 等着她来花园里探望——
>
> 飞扬，飞扬，飞扬——
>
> 啊，她身上有朱砂梅的清香！
>
> 那时我凭借我的身轻，
>
> 盈盈的沾住了她的衣襟，
>
> 贴近她柔波似的心胸——
>
> 消融，消融，消融——
>
> 融入了她柔波似的心胸！

他轻轻抱住松原，双臂渐紧，在她耳畔低低地说："我只恨相逢太晚，不能在你小的时候就认识你、呵护你、疼爱你。我们都是孤寂中长大的孩子，从此以后，我甘心化作一朵雪花，长久沾于你身，享你所有快乐，共你所有哀愁，你愿意吗？"

松原立刻就哭起来，使劲点头，爱与痛缠绵交织。

"你们两个，还把不把学校放在眼里！"一声粗鲁的呵斥，把美梦中的俩人惊醒。钟主任竟不知何时站在他们不远处的地方，依稀看见她双目暴睁，脸阴沉得可怕。

林欢和松原急忙分开，相隔一米有余。

"要胡来，别在这里，出了校门没人管你们！"

闻听此语，林欢低声对松原说："走。"俩人从地上拎起书包，一前一后，快步走出观望台。

天色已晚，身后钟主任怒不可遏："再有一次让我逮着，全部开除！"人影恍惚，早去的远了，犹自喋喋不休："好你个林欢，公然在学校里搂搂抱抱，你爸这么出色怎么教育出你这么个儿子！你就败坏自己的名声吧……"

兴致全没了，林欢和松原默默走在凄清的街上，心有余悸，但怕对方担心，都不开口。黯淡的路灯幽幽地放光，预示着某种不安的心情。

林欢回到家里，意外地发现父母正坐在客厅的沙发上，表情肃然。

匆匆叫了声"爸、妈"，欲转身进屋。林父说："钟

------→

主任刚才打来电话，想必你知道我和你妈妈为什么深夜赶
回家。"

　　林欢："如果您想要教育我不能早恋之类，那就不必
了，我有数。"

　　林父："你有什么数？一直以为你是个成熟稳重的孩
子，不会参与这种乱七八糟的事情，没想到你……早恋就
如同洪水猛兽，它会毁灭你的一切！"

　　林欢："我没有早恋。"

　　林父："那你在学校里和女同学搂搂抱抱算怎么一回
事？"

　　林欢："爱情没有早晚之分，所谓早恋，不是真正的
爱情，因此我说，我并没有早恋。"

　　林父大吃一惊，万没料到儿子还有这套"理论"：
"那你认为自己和女同学搂搂抱抱旁若无人是理所应当了？
人不是活在自己的世界里，人生存于这个社会，无规矩不
成方圆，花钱供你上学是让你考大学，不是让你和别人谈
情说爱。"

　　林欢："我并没有荒废学业，相反成绩更见起色，还
有，请不要用'搂搂抱抱'这个词，希望您能尊重我。"

　　林父："你不要执迷不悟，警告你，立刻和那个女生
断绝关系，不然，你妈妈会出面找她谈，到时也会惊动她
的家长，你不想把事情弄得这么复杂吧？"

　　几句话刺到林欢敏感的神经，高傲的他沉默着，却不
难看出他十分愤怒。

林母究竟对儿子了解一些，此刻插进话来："这事以后再商量，小欢回房间好好想想吧。"

窗外，黑暗统治着世界，死一样的寂静，林欢的心情却如大海扬波，无法平息。他想不通，搞不懂，为什么世人的脑筋都是拴在一起的，人云亦云，似乎一切早有定论。世俗的成见不断扼杀着某些纯粹的美。高中生为什么不能谈爱情？难道爱情受年龄的限制？爱情一定会耽误学业？是谁把神圣的爱与毁灭联系在一起？还我真纯，拒绝凡俗！他和松原相爱，没有人给予他们真诚的祝福，当然，他也不需要。他有知音，亦有爱人，而这两者恰似一人，这足以让他感到将全世界的幸福握在手中，他不再孤独。

想起松原，他的双眼分明湿热起来，遥望漆黑的天幕，勾勒她的轮廓。她的举止优雅如梦，她的气质超凡脱俗，她的境界无与伦比，傲然伫于人世，只为和林欢这次的相逢。是的，两个孤独冷傲的灵魂相逢于黑夜的海上，他们有共同的方向，不单只有交会时才能放出光亮。这是一段永久的路程。

这一夜睡的颇不踏实，黎明时分，像有什么在他耳畔召唤似的，悠然苏醒。朦胧地走到窗前，拉开窗帘，哦！漫天的飞雪，飘扬如絮。雪的精灵已将魔法施展于这座城市，到处都被白色征服，那雪在蓝色黎明的衬托下平添一份迷人的妩媚。醒来就目睹这唯美的一刻，林欢心中的感动无以言表。

------->

迅速穿好衣裳，奔下楼来。这是最原始的雪，还无人践踏，立于花园中央，想起松原说她小时候在雪地中的情景，不由得仰起头，看无数鹅毛大雪自天而降，落在头发上，脸上，手上，身上，清凉无比。

他想：松原是和这雪一样的冰清玉洁啊，释放卓越的灵性，为了追求美，至死不渝。他张开双臂，贪婪地想要拥抱全部的雪，天和地在旋转，他的心与当年的小松原共通……

早早来到学校，想共松原赏雪，松原的同学告诉他："松原一早就被喊到教育处去了，不知什么事。"

林欢心头一震，慌忙赶过去。刚走到门口，就听屋里传出一个极熟的声音："你是松原？我和林欢的母亲考虑了一宿，决定过来和你谈谈。"有人让水，听声音是钟主任。

林欢顿时气血翻涌，头晕目眩，"砰"的一声把门撞开，屋里的人全吃了一惊，骇异地看着他。

林欢站在门口，颤抖着声音叫道："你们怎么能这样！不要把人往死路上逼！"说完掉头狂奔，后面林母追出来，却叫不住他。他一边跑着，一边眼泪就流下来，像是受了极大的屈辱。

路上遇见住校的朋友，二话不说，伸手道："宿舍钥匙拿来。"朋友掏出钥匙，担心地道："没事吧兄弟？"

林欢不答，抓过钥匙，径自奔上宿舍楼，开门进屋，一头扎在朋友床上，泪水决了堤，浸湿枕巾，哭不尽的心酸难受。身体沉重疲惫，终于不堪重负，沉沉睡去。

一觉睡到中午，朋友上课回来，为林欢买了份午餐，劝他想开点。屋里开着暖气，林欢恍惚从床上爬起，饭也不吃，坐在床头沉默，见桌上有烟，抽出一根点着。他本不会吸烟，被呛得咳嗽连连。朋友走后，便上床复又睡去。

黑夜降临的时候醒来，头昏脑涨，朋友正在打扫卫生，见林欢起身，便劝他吃饭。他摇摇头只是喝了几口开水，手又伸向香烟。朋友忽然说："林欢，你看谁来了？"

门口人影一闪，松原拎着一包东西走进屋，见到林欢消沉的情状，目光中又是温柔又是心疼。

朋友知趣道："我去晚自习啦！"带门出去。

松原把东西放下，坐在林欢身边。

林欢垂着头，为自己父母的行为感到难过，想点着手中的香烟。

松原见状夺下丢掉，从小包里掏出几根蜡烛，立于桌上，点燃，然后起身把灯关上。

朦胧的烛火，在黑暗中微微摇动，摇动。这一刻，狂乱的心绪变得宁静。梦境在夜之海上飘摇。

"亲爱的，找你找得好苦。"松原轻轻地说，烛光映着她清丽的脸庞，红彤彤的，温存而迷离，眼若秋水，发如青丝——另一种林欢没有领略过的美丽。

他们无言对视，忽而猛地抱在一起，泪水狂涌。

林欢："他们……有没有为难你？"

松原："不要再追问，把痛苦忘却。欢，你知道吗？今天这次事后，我多么清醒地感觉到，爱的路上荆棘丛生，而这绝不是最后一次。以后，会有更多的困难险阻横于我们面前，所以我们要坚强，坚定。"

穿过松原的黑发，他摸到她的脖颈，脸颊，额头，叹息着说："你会不会不堪于我的父母？"

松原道："别。不愿看到你伤心厌倦的表情，我只有一个世界，对于外来的侵扰，并不放在心上。但这个世界还要靠你撑起来，别让我迷失你的方向，好么？"

字字知心句句共鸣，林欢又一次泪珠盈睫，缓缓地感恩地说："我爱你。"

烛火颤了一下。

羞红的脸儿贴近，颤抖的唇儿微醺。情热如火，语言已不足以表达心中的崇敬和珍爱。闭上眼睛，他们忘乎所以地吻着，灵魂被爱之浪潮托上青天，思想已成空白，宇宙抛在脑后，那一刻，空间里只剩他们的爱与迷醉。

林欢双手环抱着松原的腰身，灼烧的热度和怯怯的颤抖触电般传递他的掌心。烛火灭了，松原的热情犹如大海霎时间将他淹没……

绵绵延延不知过了多久，他们在黑暗中悠悠醒转。沉寂。激情后的平静。林欢抱着松原温软的身躯，在她耳边说："松原，我接过你的生命，这是苍天赋予我的使命与责任，我会珍惜这份恩赐，这一辈子爱你、怜你、照顾你。请信我的不渝，请信我的忠贞。都说男子善变，可我怎么也想不到不爱你的理由。"

松原侧过身来，看着林欢的眼睛："说好了是一辈子，少一天、一时、一分、一秒都不算做一辈子。"沉默了须臾，忽又说，"不，你不用给我承诺，承诺是一种负担，它会束缚你的脚步。你的明天应是蓝天、海洋，羁绊太多于你不利，欢，你是一个需要成功的人，而我，则是你功成名就之时在你身后偷着乐的人。无论怎样，我都相信你，相信我们的感情。"

林欢点点头，一切都不必再说，暗夜里，静静嗅闻松原发丝的芬芳。

沉醉于彼此的温度，又不知飘飘缈缈地度过多少光景，林欢拿起表来看，已是九点半了。

松原说："还有十分钟下自习，我们该回家了，你父母此刻正为你的失踪着慌呢。"

林欢"哼"了一声，说："我今晚不回家啦，就在这儿住。"

松原："那怎么行？你如此逃避他们，能逃一辈子吗？而且，他们也是因为爱你才出此下策，你得体谅他们的苦心。莫再任性了，欢，你有时任性起来真是让人又心疼又头疼，像个孩子。还有，你也麻烦朋友一天了，该让人家舒舒服服睡一觉了吧？"

林欢点点头，在松原额上一吻："现实中活着好累，应付太多，规矩太多，不知何时萌生出这样的想法——想做一个孤儿，宁愿舍弃所有荣华富贵，舍弃安逸的生活，

- - - - - - →

舍弃父母的关心疼爱，背负一个孤儿的名称，远离这座城市，远走高飞，无畏人世风霜，深味人世悲凉。反正，我是孤儿，没有人管，没有人陪，像一只断了线的风筝，我亦因此不必顾虑更多，牵挂更多，就这样流浪，走啊，走啊，直至死在路上。"

松原于黑暗中感受林欢说这些话时痴迷孤独的表情，鼻子一酸，又险些哭出来，紧紧抱住他，让他安歇在自己的怀中，说："傻瓜，怎么想做孤儿呢？有我在，你就永远不会孤独，永远！我尊重你流浪的情结，但你要答应让我与你同行，就算不言不语，只要看着你，我就会心安，我就能生存。"

林欢："松原，等我以后有了资本，我们就隐居，躲入幽深的森林，那里只有迷人的自然和清新的空气，风中也会飘漾着我们的爱，那是人生的至境。"

松原："到时候我们可就是森林中独一无二，不，独二无三的野人啦！嘻嘻，资本需要我们共同的努力，未来需要我们共同的打造，从明天开始，抛弃一切消沉和颓唐，奋发图强，就算为了我们这个共同的理想，好吗？"

林欢使劲点点头，他闭上眼睛，喃喃地说："茫茫苍松，幽幽绿原，迷境幻林，得我心欢。这四句话，你要记着，这里面有我们的名字，我们的理想。"

松原莞尔一笑，把十六字又重复了一遍，说："我记住啦！"

他们以最快的速度穿好衣服，收拾"现场"，开门出去的时候，放学的铃声刚好打响。

　　林欢终究回了家，父母亦无多言。林欢想：让他们这种"平静"维持下去，只有提高成绩。

　　这次风波后一直到新年将至，林欢和松原的学习劲头较前更为充足，林欢偶有思念楼上松原出神的时候，但想想松原充满信任的眼睛和值得无限憧憬的未来，便咬了咬牙继续玩命。

　　天气越来越冷。

　　期末考试完毕，成绩出来，林欢和松原具有突飞猛进的进步。

　　他们爱的同样深。

　　每个星期六晚上没有自习。林欢的朋友很无私，宿舍腾出来让他们相聚，自己去教室学习。

　　灯关掉，赤裸的灵魂在黑暗中相遇，感受彼此的温度和气息，奉献着最深情的温存，倾吐着梦与理想，驰骋在精神的草原上。

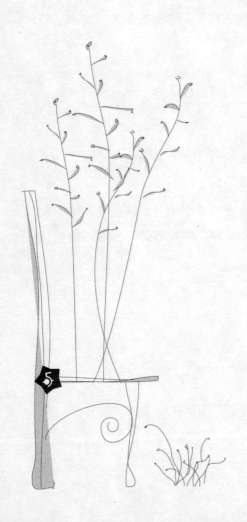

5 大地展露春光，万物复苏，绿在蠢蠢欲动。

林欢与松原的爱情，一如春天。梦，不再遥不可及，有时甚至伸手可触。或许这个春天会是永恒。

林欢并没有因为春天的到来而心情愉悦，他的身旁站着一个同样忧郁的身影。很多时候他习惯于追随松原的眼神，于他而言，松原的眼睛里有某种神圣的不可言喻的光芒。这种光芒让他安心，让他快乐，让他奋进。如果这个世界有时会像梦里那样荒凉黑暗，那么松原的目光就如一颗启明星，为迷失的林欢导航。然而林欢觉得这颗启明星近日来略显暗淡，似乎蒙上了几抹阴云，为此他颇为担心。在操场散步的时候，他试着了解端的，松原却只说没什么，他们之间从不曾隐瞒心事，林欢还当是自己想多了。但没过几天，林欢发现那些阴云开始扩散到松原的眉梢，并且越积越浓，她嘴角的微笑一时间隐匿，显得闷闷不乐，似乎遇到了很大的麻烦。

当然，在松原开口之前，这只是林欢的猜测，他希望和松原同甘共苦。然而面对林欢的关心，松原总是逃避，她的演技实在不好，嘴里说着自己没事，那千丝百结的哀愁却溢于言表，让林欢心疼得不行。追问无果，林欢的不满化作一片沉默——俩人一同气闷，这还是从未有过的事。冷战似的局面让俩人都感到了痛苦，终于在这一天，松原提出想去河边走走。

春光晃眼，柳絮飘扬，几只燕子在河面上飞快地掠过，荡起层层波纹。他们沿着河边的草地慢步而行，走了几个来回，竟是无话。林欢早知道松原有事对他说，不由得焦躁暗起，几次欲开口询问，但看到松原纤弱的背影，又把话咽了回去。风越来越大，像是一种野兽的咆哮，松原忽然停步，看着一脸沉重的林欢，轻叹一口气，说："我们歇会吧？"

铺张纸，坐在一棵柳树下，四周弥散着春天的香味，林欢长舒一口气，立感心旷神怡。松原靠住他的肩膀，闭上眼，很疲惫的样子。

林欢轻抚她的乌发，柔声道："告诉我出了什么事？"

松原幽幽地望着林欢的面庞，眼里的光闪烁不定，似乎透露着不安的信号，这让林欢深深的迷惑。他握住松原的手，说："你的沉默灼烧着我的心，我不知道发生了什么事情，我只记得我们说过，要共同面对困难挫折。"

松原说："如果有一天我让你失望了，你会不会离开我？"

这句话让林欢疑窦倏起，他怔了一怔，说："我不懂你的意思。"

松原又叹了一口气，把目光移向远方。

良久，林欢忽而苦笑着摇了摇头，说："很好，我懂了。"

松原："你懂什么了?"

林欢："我不会强迫你做什么的，如果有人能比我更令你感到幸福，我会退出，但是，请不要隐瞒我。"

松原气恼地瞪了林欢一眼，说："你乱想什么呢！说话是要负责任的，真笨！既然确定了情之所钟，便没有回头的余地，你怎能这样说我！"

林欢："那你告诉我你的话是什么意思，我快被你憋得爆炸了。"

松原扑哧一笑，随即又换做一副焦虑的神情，低头又想了想，下定决心道："欢，有件事需要我们共同面对，但我怕说出来会让你有负担……我真的怕，所以——原谅我的优柔寡断。"

林欢迫不及待道："你说啊，我在听。"

"我……那个好久不来了，我有些担心，开始，我以为是学习劳累导致迟到，可我等了又等，又是快一个月了，它终究还是不来……"

"你说的是……"林欢忽然明白过来，愣了半天，说，"不会有什么事吧?"

松原烦躁地摇了摇头，说："我不知道，我不知道……妈妈说女孩子长时间不来那个就意味着怀孕，眼下的情况似乎很糟糕，我真不知道该怎么办了。这几天总做噩梦，醒来心神不定，欢，你说我是不是有宝宝了?"

- - - - - - - ➤

林欢紧紧抱住松原，安慰道："别着急，亲爱的。"嘴里这样说着，他也分明慌乱起来，停了片刻，他说："具体多久没来，你清楚么？"

"大概快两个月了吧。"

这真是个血淋淋的现实。面对一脸愁色的松原，林欢感到自己罪孽深重，他们只有十八岁，正当青春勃发，年轻的心灵却蒙上了一层沉重的阴影，在他们尽享爱情之欢愉的时候，何曾想过会有这一天？林欢向来对那些未婚先孕的事情嗤之以鼻，却做梦没有想到，有一天他也会迎来这样的难题。松原在他眼里犹若天人，从他们相爱的那一刻起，他就在心里发誓要让松原的脸上只有快乐和幸福，然而，他做到了多少？麻烦事似乎接踵不断，而这一次尤为严重，除了自责和追悔，他甚至不知道下一步该怎么办。

看着林欢发蒙的表情，松原眼圈红了："对不起，欢，是我不好，我让你失望了。"

林欢强摆出一副笑容，说："傻孩子，这怎么能怪你呢？要怪也只能怪我，如果你再说这种话，那我就立刻找个地缝儿钻进去。"

"那我们该怎么办呢？"

说到这个问题，他们又犯难了，毕竟太过陌生，没有任何经验。林欢想了想，说："去医院吧？"

松原摇了摇头："我不想去医院。"

林欢踌躇道："不去医院……那怎么办？"

松原："我在网上查到药店里卖一种试纸，好像可以检测早孕。"

林欢对试纸的概念模糊不清，闻听此言，感到很神奇，说："那我马上就去买。"

买试纸于林欢来说绝对是头一次。人们看到一个神色紧张的少年东张西望地走进药店，对着让人眼花缭乱的药品迟疑，一名服务人员微笑着对他说："请问你需要什么？"

"有试纸么……请问这里卖不卖试纸？"鼓起勇气说出这句话，林欢觉得脑中有一团热气冲下来，把脸涨得通红，他的眼神飘忽不定，无法直视对方的眼睛。

林欢买到试纸逃出药店，才发觉自己出了一身汗。这时候药店里隐隐传出一片笑声，他不知道这笑声是不是针对他的，想想刚才的窘状，脸不觉又红了。

夜幕悄然降临，为了给松原做检测提供环境，他在一家宾馆里要了房间。

拆开包装纸，读着说明书，林欢不禁对眼前薄薄的小纸片产生疑惑："这样可以么？万一不灵怎么办？"

松原："应该没问题。欢，我害怕……如果真的怀孕了怎么办？"

林欢看到松原眼里的光如烛苗般摇曳，心里一阵阵难受，他怜惜地抱住松原，说："无论有事没事，我们共同面对。"

- - - - - - - ➡

松原稍觉宽心，到洗手间做检测了。

短短十分钟，就可以测出一个女子是否有孕在身。这个十分钟，林欢像过几十年一样漫长。他陷入沉思，往日和松原一个个情致缠绵的画面在他眼前闪烁，他们爱的是那样深情，今天的事无疑为他们纯洁的爱情笼罩上一丝暗影。如果命运真的不原谅他们，他们是否能够平静地接受审判？他不希望看到松原受到一点伤害，可如果现实无情地劈碎幻梦，他们又往哪里去逃？

洗手间的门开了，松原倚在门边。

林欢"霍"地站起来，看到松原愁容不减，心凉了半边，说："怎么样？"

松原把试纸递向林欢，说："你看看。"

林欢："我不看，我只想从你嘴里听到结果。"

看着林欢着急的样子，松原莞尔一笑，说："没事。"

"真的？"

"真的。"

"坏丫头！"林欢如释重负，长舒一口气，暗暗感激上苍。重压之后是莫大的轻松，他们热烈地拥抱，忘情地亲吻，不知该用何种语言来表达这种"劫后重生"的庆幸和喜悦。

然而，好景不长。这之后过了大概一个月时间，林欢发现松原眼里的光又变得飘摇起来了。检测明明没事，那个却始终不来，松原等得心焦如焚。一个深夜她从噩梦中醒来，喘息不止，寂静中她依稀感到身体里还存在着另外一种呼吸，屏息细听，那均匀而微弱的呼吸声却越发清晰。她感到惶恐不安，莫非检测有误？她不敢想，唯有苦苦等待，想想觉得可笑，若非这种事情，天底下不会有几个女子迫切地希望那个到来。时光如水一样流逝，她的心渐渐沉入黑暗。该面对的总要面对，在林欢的劝说下，松原决定去医院做检查。

他们选择在星期一这天上午前往医院，理由是周末刚过，"光临"妇科的人应该不多。逃课走出学校的一瞬间，松原再一次听到了身体里的呼吸声，同时胸口一阵恶心，险些吐出来。林欢察觉到她脸色有异，问："你怎么了？"

松原垂着头，把长发顺到肩后，轻声道："没事，我们走吧。"

医院坐落在城市的南部。乘电梯上五楼，门开处，雪白的墙壁上两个大字刺入眼帘：妇科。他们目瞪口呆地发现，楼里的人远比他们想象中要多得多。大部分是青年男女，一个个神色木然，人与人之间的眼神不存在交流，似乎都在默默忙自己的事情。

松原脸色惨白，摇了摇头，似在苦笑。林欢紧紧握住她的手，说："别怕，有我呢。"

一个中年女医师接待了他们。在林欢看来，她不应该做医生，而应去当一名歌手。因为她的嗓门大得出奇，说一句话，把人的耳膜震的嗡嗡响。隔着一间屋，人们清楚地听见她对林欢和松原说："做早孕检查是吧？怎么不早点来？先去做B超，怀孕的长短决定手术的方案。"松原畏惧地缩在林欢身后，脸上火辣辣的一阵热，林欢被这几句话轰得冒起一身冷汗，他暗自深呼吸，却无论如何拿不出平日的风度。在这个地方，自尊是受嘲笑和冷视的东西。

一名护士带松原去了B超室。林欢坐立不安，在走廊里来回踱步。走廊尽头有一扇窗户，大把的阳光涌进来，辉煌夺目。他呆呆地注视着春光明媚的窗口，如同注视着梦的入口，闭上眼睛。

一片灿烂的阳光下，你笑容满面地向我走来。你是上帝派来的美的使者，赐我无限祥光和幸福，我不能用语言形容你在我心中留下的美好，那是一种极致的美，超越完美的美。在天空之城，我们沐浴在春风中相爱，你看不到我的自惭形秽。远处教堂里有你埋下的诗句，当悠扬的钟声响起，所有天使向你顶礼膜拜，而我站在云端，且听风吟，用心领悟诗歌的伟大。城堡外围是幽深的森林，各种奇花异树在人间找寻不到，有一天你对树上的果实产生浓厚兴趣，却忽略了偷食禁果后折翅的危险。多少个月夜我们品尝着禁果的甘甜，在我们转身离去的背影后，一条毒蛇笑盈盈地看着我们。

林欢睁开眼睛，他看到松原从对面走过来。此刻，阳光犹在，飘逸的长发下却是一张忧愁郁悒的脸孔。梦幻与现实激烈碰撞，他的心仿佛碎了，却微笑地迎上去，两人在灿灿的金光中久久拥抱。过于脆弱的爱是一种悲剧，它像一把利剑，时时刻刻刨剜着恋人的心。

松原泪水盈睫，轻轻地说："结果出来了，我们终究逃不过命运的魔手，欢，我觉得我完了。"

林欢心如刀绞，不知如何安抚。

松原嘴角忽而泛起一痕微笑，说："我的身体里有你给予的生命，即使仍然惶恐，想想却也有幸福的感觉。"

林欢："是啊，如果这是在婚后我带你来做检查，该有多好。"

"欢……"

"说吧。"

"我不想做手术。"

松原没有看到林欢脸上露出惊愕的表情，自顾自说道："要不我把孩子生下来吧？"

"傻孩子，你想过孩子出生后我们将要面临的境地么？"

松原叹了口气，点点头："我想过。可是，我怎么忍心？欢，你不觉得我们是杀人凶手么，刚刚形成的生命被残忍地杀害，而这生命，正是我们爱的结晶。天性告诉我，我不能够；良知告诉我，我不能够。"

林欢凝视着她："你善良的让我心疼，可是，我们没有退路。请相信，我对这小生命的不舍绝不亚于你，但若我们不忍痛做出这个选择，三条生命都将无法生存。孩子会在怎样的环境下成长，你想过么？而那时的我们，将跌入深渊不得翻身！迫于世俗之见，家庭也会为我们蒙羞，我们将永远被毁灭，永远地！松原，你想过么？"

一席话像盆冷水般浇在松原头上。坦白说她的确没有想得太远，出于天生的母性她只想保护自己的孩子，她不能接受一个正在孕育中的生命尚未出生就遭扼杀，凶手恰恰是他的母亲。林欢的话无疑把她拉回现实，恍惚中她似乎听到那个小生命孤单求助的声音，这让她焦虑欲狂。撒手不管么？如此这声音将成为她一辈子的梦魇。

久抑的泪水终于倾盆，松原泣道："欢，我们太自私了，为了自己的利益而付出一个生命的代价，纵然岁月流逝，时过境迁，我们能逃的过良心的谴责么？"

林欢沉默良久，失魂落魄地说："在现实面前，我们没有选择，正是因为惧怕现实，我才喜欢躲进梦里。可是现在，上帝给我们开了一个玩笑，我们避无可避了。"

两人一时间没有说话，松原在林欢怀里低声啜泣，泪水浸透了林欢胸前的衣裳。这时候一名护士走过来，大声说："你们怎么还不过来？医生都等急了。"

那个中年女医师显然有什么要紧事要办，她草草看过松原的B超结果，依旧扯着她的大嗓门说："你妊娠已经两个多月了，我不赞同你药物流产，很多女人药流流不干净，极易感染。以后年纪大了，妇科病发病率也会很大。"停了一停，又说，"还是人工流产吧，我们这里的技术很先进，无痛，只需要三分钟。"她说完拿出一个黑色皮包，开始收拾东西。

松原："请问大夫，做手术的医生是男的还是女的？"

女医师"嘿"了一声，皮笑肉不笑地说："当然是女的。"

医院的仪器不够，做人工流产需要排队。松原排在第三个，前面两个女人看起来年龄都比她大几岁，男朋友陪在身边。其中一个女人似乎对这事习以为常，浑无惧意，和男友说笑，不时发出尖叫。神色悲戚的松原无比疲惫，缩在林欢怀里。

　　孩子，我必须把你做了
　　你死我活
　　那么多盲流的人精
　　哪知道你在我的身上停住
　　孩子，死有什么不好
　　就当搬一次家，过一次户
　　有没有名字没关系
　　死了的无名英雄多了
　　孩子，你就当一次英雄吧
　　英雄都是些提前进入天堂的人
　　到了天堂
　　你就可以俯视我，看不起我了
　　不过，孩子
　　只是千万不要低估我的痛苦
　　如此，我就是正常人了

前边的女人都进去了。

一名护士站在他们面前，看着手中的记录："松原？到你了。"

林欢闻言心里一阵抽搐，他使劲握了握松原的手，柔声道："别怕，很快就完了。"

松原步入手术室，里面的光线十分昏暗，几个衣着手术服的医生正在忙碌。一个女孩大概刚从手术台上下来，虚弱的脚步如同梦游，她和松原擦肩而过，眼神投来异样的哀伤。

"先坐在椅子上等等，手术五分钟后开始。"她听见有人这样对她说。

这时候忽然有一个人推门进来，松原大吃一惊，全身不由颤栗起来，来者是个三十岁上下的男人，他也穿了一身手术服。

不是女的做么？怎么会有男的？怎么会有男的？松原心乱如麻。

男人看到松原，向她点头微笑。

松原注意到他戴了一双白手套，洁白的手套，忽然沾满了鲜血。

松原大叫一声，跳起来夺门而逃。

几个女医生听到叫声走过来，大声说："怎么了？"

男人感到莫名其妙，自言自语道："我不过是来取东西，她怎么吓成那样？"

在楼梯口，林欢拉住了松原，他着实被松原吓坏了，声音因着急而变得急促："刚才有多危险你知道么！不要把我想得太坚强，我快支持不住了你知道么？你告诉我，怎么回事？"

"里面有个男人，他的手套上满是鲜血，这家医院太恐怖了,它不留给你任何尊严！欢，我不要做手术，我把孩子生下来好不好？"松原边说边哭，泪水仿佛流之不尽。

此刻林欢看到松原眼里的光已经极其微弱，他从没有见过松原像现在这样脆弱过，故而痛心不已。他一把搂住松原，双眼湿润了，说："不管事情糟糕到何种地步，我不会离开你左右，人生还长，没有人能拯救我们，我们只有自己拯救自己……"

松原仍想表达自己不愿做手术的意思，第一次进手术室，就留下了这种恐惧骇怖的印象，实在超出了她心理所能承受的范围。可她分明看到林欢眼里的泪珠在往下掉了，于是话终究没有说出口。

林欢用衣袖擦干眼泪，说："你不喜欢这家医院，那我们就换一家，只是拖不得，总之，一切请你放心。"

这一晚松原可谓受尽折磨，亦真亦幻中她听了彻夜的婴儿嚎哭，心里犹如长满了凄凉的野草。醒来后泪洒枕巾，她绝望地坐在黑暗中，听风声在窗外呜咽，内心不断向未出世的孩子忏悔。

翌日清晨，林欢独自去了另外一家医院，经过反复询问，确定做手术的人员全为女性，这才放心回家。

　　下午松原随林欢来到这家医院，医生看过松原的病例，忽然摆摆手让松原出去。林欢顿时紧张起来，问道："大夫，不会有什么问题吧？"

　　"你们今年多大了？"

　　"二十多。"

　　"结婚没有？"

　　"已经订婚了。"撒了这个谎，林欢脸上一阵阵发热，他搞不明白医生为什么问这些。

　　"唔。是这样，我简单给你说一下吧，你女朋友身体多项指标都不理想，属于体质较弱的类型，一次人流会对身体或多或少造成损害，以后再想要孩子，恐怕有难受孕甚至不孕的危险。所以这一次最好生下来。"

　　林欢听得心惊肉跳，想起昨天那个中年女医师竟然不对他们说明这些，不禁怒火暗起。他的面上划过一丝惨笑，向医生道谢，然后推门出去。

　　林欢见到松原说的第一句话就是："我们要这个孩子吧。"

　　月夜。

　　保姆在客厅看了会电视，回屋休息去了。隔了半个小时，林欢从床上爬起，走进父母的房间。头一次翻父母东西，他感到很不自在，翻箱倒柜，找出保险柜的钥匙，颤抖着打开锁，几叠现金和存折便进入眼帘。

　　他心里涌起一股负罪感，可是，他没有办法。手摸额头，满是汗。取出那张母亲为他上大学用的存折，里面有三万元人民币，记得密码正是自己的生日数字。迅速收好，锁上保险柜，逃一样地离开房间。

他和松原，即将开始一场惊世骇俗的"大逃亡"。松原的身体状况终于让他放弃了所有希望，他无法接受多年后松原满是遗憾的脸孔，即使这一点现在还不能确定。然而孩子在这座城市出生，意味着三条生命的毁灭，除了"逃亡"，他们走投无路。

是的，逃到另外一个遥远的城市，不知归期。逃亡的同时，他们就失去了一切，家人、朋友、灿烂的未来，统统失去。可是，为了未出世的孩子，他们别无选择。异地他乡，不会听到太多议论，不会背负太多目光，至少，没人会把他们逼到丧失尊严的绝境。等孩子安全地降临，方可筹思以后何去何从。

茫茫的明天，未知，如盲。

念及父母十几年的养育之恩，林欢流下伤感的泪水，忍不住写了封信。

爸爸妈妈：

　　当你们看到这封信，我们将有一个长时间的别离。不要问我为何离去，事实上，流浪的念头在我心里萌发已久。天高任鸟飞，希望你们不要恨我。我是个被感性支配的人，常会活在自己的世界里，也许有时表现得冷漠、古怪，但我心里

- - - - - - - - ➤

实是深爱你们的。也许大一些我会收起自身的
"狂焰"，对你们尽以孝道，但现在，我必须向你
们告别。

　　一定不要为我牵挂，我会照顾好自己，我会
回来，你们亦要注意身体，莫因繁忙的工作而损
害了健康。

　　临行涕零，不知所云。

欢

　　这封信并不能掩饰什么，他和松原的一同失踪，总会
让人猜到其中的玄机。他不敢想象和松原离去后留下的种
种后果，这无疑是对两个家庭投了一颗重磅炸弹，太自私
了……矛盾的利刃几乎刺穿他的心脏，可是，现在怕连上
帝也拿不出更好的办法，这是个万分为难又不得不为之的
决定，绝望的枯手扼得他连求救的气力都丧失殆尽，罢，
罢，罢，也许这才是人生……翻来覆去，胡思乱想，折腾
半夜方才倦极睡去。

　　他们并不知道逃亡的方向，除了故土，任何一个地方
都让他们感到陌生和充满惧意，社会在他们眼里是模糊
的，身为学生，平日眼里触及到的，耳中听到的终究只有
那么一点点，想到真正离开父母，独立生活，便有些恐慌
无措，当然，还有一丝激动。林欢想去云南或者大兴安
岭，那里有他日思夜想、梦中也在追逐的原始大自然，可
是想想不现实，路途太遥远，人生地偏，危险、麻烦会很

多。考虑来考虑去，忽然一阵急风吹过，松原耳边隐隐约约传来了惊涛拍岸的声音，潜意识里似有一个声音在说："来吧，来到海边，这里会有你的归宿。"

忽然想起大海，松原显得格外激动，像是受到一种魔力的驱使，她十分想到海边走走，林欢查了查地图，千里之外有一座著名的海滨城市Q市，林欢沉吟半晌，就将Q市定为他们逃亡的地点。翌日清早，林欢赶去火车站买了两张后天通往海滨城市Q市的车票。

下午放学后，他们再一次来到操场。春风沉醉的傍晚，空气中飘浮着告别的情愫，这片梦土，曾令两个孤独的孩子相知、相惜，爱与痛的根源，深深眷恋。

观望台下，留言犹在，落花流水，明朝将随波远航，把命运交付给茫不可知的未来。

别了，别了……

6 存折里的三万元人民币取五千元作零花钱，余下的两万五打入信用卡。几件更换的衣服。必备的日用品。几本诗集。厚厚的旅行包。两张憔悴的脸。

一声尖厉的汽笛长鸣。

逃亡开始了。

城市的痕迹于窗外渐渐消隐，荒凉的田野，萧索的村落，冷寂的河流，快速更迭，倏忽闪过。

无语。林欢想父母不知何时会瞅见那封放在书桌上的信，看后又会作何反应？松原也给父母留了信。她原本是要忏悔的，然而泪流尽了，始发现这封信根本写不长，除了林欢，不会有人理解她的苦衷，多一行、一个字，皆是无情的宣告。心彻底撕裂成两半，一半因着肚里的生命，一半因着父母。

黄昏。深夜。清晨。

剧烈的颠簸。

车到站了。

驻足于这座繁华的城市。清新的空气中夹着海之腥味，冲去了昨宵的沧桑匆忙，麻木的神经得以松弛。牵手

------>

走在熙来攘往的街头，他们彷徨无措的脸与满街为生计而奔走的人们是那样的格格不入。早有几个精明能干的小伙子围过来——宾馆拉客的，这个说他的宾馆傍海而居，环境优美；那个说他的是"两星级"，彩电淋浴，一应俱全，唾沫横飞，天花乱坠。

林欢懒得同他们说一句话，好不容易拉松原逃出重围，感叹道："其实，走到哪里都是一样，人们永远不能自觉地进入精神领域，让自己的心安宁、饱满，为一些蝇头小利，争得你死我活，还固执地以为这就是人生的意义。滚滚红尘，模糊了多少人最初的容颜。"

松原："所以，我们这两个不懂妥协的孩子才会感到孤单和落寞，才会相逢。欢，遇到你之前，我一直依靠幻想生活，我能看到别人所看不到的东西。于我而言，最爱是大海，尽管我们那里一无所有，尽管我们那里只有乌烟瘴气，但，心中有海，自会无上清凉，意树心花，方能得大自在。现在，大海就在眼前，可以时时与之相伴，我亦不必终日在精神世界里虚构一片缥缈的海。寄魂灵于她，而非人群，凡俗之事，大可不必理会。"

林欢欣慰道："说起大海，我在你脸上找不到连日来的忧虑与疲惫，谢天谢地，你的灵性开始回归，我们本是海的孩子，逃亡既是回归母亲的怀抱，但愿我们不再陷入俗世的泥潭。"

他们在海边找了一家中档宾馆住下。卸下重负，洗了澡，依偎入梦。长时间的疲乏得到时间的补充，酣梦醒来，房间里昏暗朦胧，竟已入夜。

肚子饿得难受，赶紧起床，梦痕未散，脚沾地轻飘飘的。街上华灯初升，绚烂之极。他们无心观看，饱餐一顿，径自来到海边。

黑夜的海边，有一丝冷，游人大都归去。不知疲倦的浪潮，翻涌着豪迈的激情，一次又一次侵过海滩，试图留下深刻的烙印。海风也来助兴，激起狂澜怒涛，奔腾咆哮，迷离月光下，墨绿色的海洋闪动着神秘的美感，却看不透她的最深处。比起两边霓虹华厦疯狂表露美艳的肤浅，黑暗的大海愈加显得含蓄、高贵与深刻。

脚下踩着松软起伏的沙滩，向大海走近。最接近大海的沙滩已被冲平，潮水带着白色的泡沫几乎便要浸过松原的双脚，林欢连忙拉她往后站站。

松原的长发随风飘动，双臂张开，迎着大海，做拥抱状，情思幽幽地说："我听到海那边有声音在呼唤我，真想一步步靠近大海，拥抱他，被他拥抱。"一挥手，一投足，无与伦比的优雅。

林欢："你不怕我吃大海的醋啊？"

松原："你也正在被他感染。"

林欢："是的。大海有时是粗犷的男人，激情却也不失深刻；有时却又是魅人的女妖，潮就是她的摄魂歌。"

松原："所以我愿魂归大海，当我不堪于俗世的时候。欢，你就是我的大海。"

刹那间，月冷风凄，感动模糊了林欢的双眼。这些日

- - - - - - - ➤

子迫于现实的压力，剥夺了他们做梦的权利，最初的美感与共鸣竟然随之消失。此刻，在海的面前，他们的心灵再一次结合，他们的精神再一次相通，忍耐已久的孩子抱头痛哭，肆意发泄心中的屈辱和不安。

不远处，有人对海高呼："大海，你听着，我是世界上最伟大的人！"苍白的声音被海潮淹没。

触着松原经海风吹起的乌发，林欢说："做出选择，就不要留恋于过去，不然，痛苦如影随形，走到哪里都甩不开噩梦，何谈生存。有路，就有希望，何况你有我，我有你，不再孤独。"

松原点点头："是的，我们要坚强。"

不知不觉已近午夜，沙滩上终于只剩他们两个。风渐冷，月儿被寒云遮住，浪潮依旧翻腾不倦，拼命爬向每一片土地。

在宾馆住了两天后，林欢和松原开始考虑租房子的事情了。双人间每天收费一百二十元，开销实在太大，以他们所带的钱，根本不是长久之计。

这天上午，林欢打车去租房中介机构咨询信息。海滨城市房价昂贵，尤其靠海地带，一个月要三四千元，咨询许久，方有中意的，在老城区，一室一厅，六十平米左右，有基本家具、厨房和卫生间，因住宅楼面临拆迁，所以，房价低廉，一个月收四百元。他联系到房东，约好下午会面看房。

那房东是个四五十岁的中年男人，大腹便便，面色发紫，一脸络腮胡子。松原望而生畏，躲在林欢身后。

房子在城市北部的老城区，楼房破旧，墙上裂纹清晰可见，确乎有些年月，与周遭的高楼华厦非常格格不入。他们去的时候太阳正懒懒地挂在天空，一群老人坐在马扎上闲话家常，见了这对青年男女，眼神都怪怪的。

林欢紧紧抓着松原的手。

三楼。

打开门，一股酸味扑鼻而来，大概好久没人住过了。南北各有一个房间，中间有一条狭长的走道，墙上挂着一面很大的镜子，镜子左侧是厨房，右侧是洗手间，都很小，客厅里有茶几，两个沙发，一台饮水机，拉开窗帘，柔和的阳光洒进来，可以瞧见很多尘埃在光中浮动。墙角结满了蜘蛛网，墙壁上满是用各种笔写的字或图画，大概是房东的孩子所为，地面还铺着一种很劣质的土地板，卧室有一架双人床，一个简单的衣柜，厨房有煤气灶，除此之外，更无他物。应该说还过得去。

林欢和松原在屋里"参观"了一圈，房东说："怎么样？还满意吗？四百块钱很值了。"

林欢撇撇嘴，房子无论从面积上还是装修上都与他家大相径庭，可说天壤之别。然而此刻"流亡"在外，迫于经济原因，凡事只能迁就，他和松原都没意见。其实，这也并不很重要。他们还有一个辽阔的精神家园。

付过半年的房租，钥匙交在手里，留下联络方式，房东走了。林欢和松原又在屋里这看看，那瞅瞅，忽然相视

------->

苦笑起来。

林欢不想让气氛太沉重，调侃道："现在我们也是有家的人啦，可不能再愁眉苦脸了。"

松原还没缓过神来，呆呆地说："这就是我们的家么？"

林欢握住她的手，说："是啊，不过眼下这光景还不能居住，咱们得收拾收拾。"他从厨房里找来两把扫帚，把每个房间的窗户打开通气，两人里里外外地打扫了一遍，清出不少垃圾，忙活了半天，拖完地，都倒在沙发上喘粗气，林欢问："你会刷墙吗？"松原摇头，林欢说："我也不会，不过事在人为，明天我去买些涂料，咱试试。"

未敢多歇，接着又去附近超市买生活用品，锅碗瓢盆、晾衣架、水杯、床单、被子、毛巾、台灯……他们还买了一台CD播放机和一些轻音乐，夜幕刚刚拉开的时候，乘出租车回来，东西太多，两个人一次拎不完，就把东西放在地上，依次往上搬。

楼道里的灯是灭的，漆黑异常，呼呼的冷风从林欢的衣领里钻进去，使他接连打了两个冷战，他猛地想起电影里那些发生在暗夜楼洞里的凶杀和恐怖事件，此时此刻的情形，何其相似！至此，身上像过电一般，不觉起了一层鸡皮疙瘩，对着黑洞洞有如通向地狱的入口，望而却步，松原大概也有些害怕，紧偎在林欢身边发毛。林欢强壮起胆量，说："这楼道怎么如此诡异……"刚抬脚走过去，他忽然又倒退几步，背后冷汗乱窜，眼神中露出了恐惧。

松原慌忙问："怎么了？"

林欢额头冒汗："有……有壁虎！好大一只壁虎，在那墙上。"

松原松了口气，顺着林欢的目光望去，果见依稀一只壁虎在楼道的墙壁上爬着，说不出的诡秘，她说："叫你把我吓坏了，我还以为出了什么事呢，你这么怕壁虎啊？"

林欢心悸不已："我从小就怕这个，每次见了心都提到嗓子眼里，全身有如触电，你不会笑我吧？"

松原微笑摇头："怎么会呢，每个人都有自己特定害怕的事物，比如我就特怕虫子——比你更胆小，呵呵。"

林欢无语，睁大了眼望着那壁虎，即刻又转过头去，不敢睹视。

松原："难道它一刻不爬走你就一刻呆在这里不动？干脆我们今晚露宿街头好了。"

林欢："我实在是害怕，要不你先上去，天有点冷。"

松原无奈地摇摇头，拎着东西上楼去了，如此上下五次，总算把东西全部搬进家里，林欢还是傻傻地站着，心里暗自祈祷那只壁虎赶快爬走，谁知过了老半天，壁虎动也不动。

松原："你就当什么也没发现，快步跑上去。"

林欢心虚，沉默。

松原于是也不语，陪他站着。

须臾，林欢怕松原笑话自己，一咬牙，抱着东西就往楼上狂奔，经过"壁虎地带"，他的心紧张得快要爆炸，黑暗中他看不清台阶，险些摔一大跤，松原追到二楼，打开手机照明，对狼狈的林欢心疼不已，好不容易走到家门口，开门进屋，昏黄的灯光洒在林欢身上，紧绷的神经方才松弛下来。

松原拉拉他的手，柔声道："欢，你先去歇一下吧，我去做饭。"

林欢："你会做吗？"

松原柳眉一扬："你小瞧我。"她说着系上围裙，把超市买来的菜洗净放在碗里，又把煤气打开，往炒锅里倒上些许花生油，不一会儿，油热了，香气冒出来，她见林欢倚着厨房的门，呆头呆脑地站着，"扑哧"一笑，说："叫你去休息，你站在这儿做什么？"

林欢："有什么需要我帮忙的么？"

松原："不用啦，做饭很简单的，你乖乖地在客厅等着我，很快就开饭了。"

林欢"哦"了一声，回到客厅，又开始打量现在属于他和松原的家。不知为什么，"家徒四壁"这个词忽然浮现在他脑子里，苦笑了一声。想起从前在家里，衣来伸手，饭来张口，养尊处优，舒服得很，现在，过去的日子可谓一去不复返，一切需要自己打理，但他又是满足的啊，和恋人共处一室，朝暮相伴，晨昏相守，共持一个家，日常事尽管琐碎，却值得。

厨房里响起劈里啪啦炒菜的声音，浓浓的香气飘进林欢鼻里，肚子在咕噜噜地叫了，就喊道："我快饿死啦！"

松原已做好两道菜，端出来放在茶几上，说："真是馋猫，这会工夫就坐不住了。"

林欢抱住松原，甜蜜地说："亲爱的，我还不知道你手艺这么好，你究竟要带给我多少惊喜呢？"

松原不好意思地说："别光顾着夸我，你先尝尝，好不好吃？"

林欢拿起筷子夹了些菜放进嘴里，眯眼尝了尝，伸出大拇指赞道："一级棒，没的说。"

松原喜上心头，说："你先吃，我再去做一个菜和下点面条。"

林欢说："且慢，下道菜我来做。"

他只会炒鸡蛋，还是站在妈妈旁边偷学来的，没怎么"实践"过，结果三下两下炒糊了，两人一起大笑，仿佛好久没这么开心过了。松原把CD播放机打开，放入苏格兰风笛的碟片，空灵的笛声在屋里飘扬，他们相对而坐，共进晚餐。这顿饭林欢胃口奇好，吃了两大碗面，三盘菜一点也没剩。看着林欢少见的狼吞虎咽的模样，松原青春的脸上笑得满足。

饭毕，林欢和松原一起洗刷餐具，松原说："今晚我们要睡这儿吗？"

林欢："还是去宾馆吧，家里墙还没刷，窗帘也没装上，床硬得很，天又冷得厉害。"

松原："可是我们今天买东西已经花了很多钱了，再住宾馆未免太奢侈了吧，反正被子和枕头都买好了，不如今晚就在家里睡吧。"

林欢："若是我一个人，怎么样都无所谓的，但此刻你在我身边，无论如何我也要让你过得舒服一点，听我的，住宾馆。"

松原没再说话，林欢不知道她眼里有一颗泪悄悄掉进水池中去了。

三天的时间像那吹过树梢的风一样转眼间逝去，林欢和松原结束了住宾馆的生涯，喜迁"新居"了。这三天的时间，林欢首先解决了刷墙的问题，他本想买来两桶涂料和松原一起刷墙的，然而他们没有任何经验，等家伙全部摆在面前，只有大眼瞪小眼的份了。为了保证墙壁不被刷坏，林欢找来两个刷墙工人，花了一天时间刷好墙面，等墙干了的第二天，他们又一次打扫卫生，里里外外显得焕然一新。接下来又把客厅和卧室的灯换了个新，松原在商场看中了一幅壁画，画的背景是一片潮汐欲来的海面，就买下来挂在卧室的墙上，银白色的灯光照在上面，似真似幻，让人目眩神迷，林欢因之对松原开玩笑说："我们家里就有一片海啊，海于我们来说真是无所不在。"卧室和客厅都挂上了窗帘，客厅的是淡蓝色，卧室的是棕红色，色调很温馨，这也是松原选的。林欢不惜重金买来一座红木写字台和书橱，同他在家时的差不多，坐在那写作、看书，很有感觉。

他们很珍爱这个小小的家。抵挡现实的城堡。白天的光景，抒情唯美的音乐在屋里回荡，大多数时间，他们坐在沙发上阖眼静静聆听，情思随跌宕起伏的乐音波动。

在美妙的高潮中，鲜花青草将他们包围，蝶儿翻飞，清风如歌，朗朗晴空，一碧如洗；远处的山头挡住太阳，激起无数光晕，落叶随溪水漂流，飞鸟啼鸣，去而复返，春光灿烂，生机勃勃；忽而风起云涌，雷声轰鸣，天降大雨，执手躲入山麓下的洞窟，听雨击树木，滋润心扉，即刻雨过天晴，一朵白云飘于洞口，他们纵身跳上，直升天际，看绚丽彩虹……精神世界的畅游实在太令人感动和欢喜。

林欢迷恋读书，常把他欣赏的诗歌朗诵给松原听。有时灵感忽至，提笔写下诗或散文，字句灵动，文气纵横，让松原赞不绝口。他于是自信满满地把这些文字小心誊好，投给各类文学刊物，幻想获取丰厚的稿酬补贴家用。

松原每顿饭都会换花样，"逃亡"在外，林欢的胃口倒比过去好了。

他们在花卉市场买了两盆紫罗兰，置于卧室的窗台上，悉心照顾。阳光沐浴下，花开如梦，满屋芬芳。又一日采购一口小鱼缸归家，养两条金鱼游于其中，个中趣味，无可言喻。

每天傍晚，他们坐半小时的公交车到海边散步，流连忘返，不觉夜深。

　　松原见林欢挥金如土，怕钱花的太快，就劝林欢节省，可是林欢却对这种自由的生活分外喜欢，他说："眼下钱还尽够用，我们应该多多地享受一下这种生活。"见松原还是担心，说："放心，亲爱的，我是个男人，钱不够了我还可以去挣嘛。"

　　日子如浮云一样。松原恶心的反应一天天强烈，林欢怕有闪失，去书店买了一大堆关于生育的书籍，了解到孕妇每月需去医院做一次产前检查。时常的恶心令松原偶起焦躁之感，虽无明显表现，但林欢分明感觉得到。望着略微隆起的小腹，松原心中惶恐，尽管挚爱的人陪伴身边，总觉得孤单不安，忧心忡忡，怕林欢担心，只是埋首于他怀中，体味多一点再多一点的温暖。

　　天气愈发闷热。林欢心情低落。带来的钱在渐渐减少，而他满怀希望投出去的几十篇诗文犹如石沉大海，不见稿费的影子。活在这个残酷的世界，做什么都需要钱，而无任何经济来源的他们，长此下去，势必走投无路，无法生存。不知不觉间，"愁"字在他们心中漫漫浮现出来了。

　　欢乐少了很多，轻松少了很多，他们都感觉得到。

　　一日清晨醒来，松原忽然想出去走走，打开门，不由呆了。一大包垃圾放在门口，隐隐散出酸臭。松原捂住嘴，胸口一阵翻腾。

　　林欢怒气勃发："谁干的?"

　　自然无人应答。

他愤愤地朝垃圾踢一脚，塑料袋破了个口，污水流出来，恶臭愈甚。

松原："算了，收拾起来吧。"说着弯下腰去。

林欢忙拦住她："我来！"

清理了垃圾，兀自气愤难平："想不明白，我们又没得罪别人，怎会遭遇这种事情？国民素质之低真是教人齿寒。"

松原拉住他手，轻轻道："我们出去，海边。"

中午回来，几个妇女在楼前凑着头嘀咕，状甚猥琐。经过她们身边的时候，只听其中一个臃肿的女人高声说道："现在的年轻人，实在做作，买不起电视，就成天在屋里放什么音乐，跟哀乐似的。我儿子天天嚷嚷着头疼，写不下去作业，你们说这是不是造孽？"另外几个女人点头附和，嘴里不干不净。

林欢认得那臃肿女人就住他们对门，敢情垃圾是她放的。

松原见林欢脸上有一道青光闪过，似乎想要发作，却又不屑，就摇摇他手，又冲他摇摇头，两人无言上楼。

家里。

林欢："今天我总算见识了人间最丑陋庸俗的嘴脸，可我只能缄默，只能忍耐，我不知道世界上还有多少这样的脸孔。"

松原："不要去争辩什么，也许真的是我们把音量开得过大而吵到他们。唉，邻里间互相理解体谅吧。"

- - - - - - - - ➡

　　林欢点点头，怒火尽消，他的嘴角只剩下冷笑。

　　自此之后，整栋楼的居民似乎都与他们结下仇怨，每当他们出门或回来，指指点点，窃窃耳语，目光如刀。林欢和松原表面上若无其事，实则内心酸楚，两个脆弱的灵魂相互扶持，共同守候着坚强。

　　松原很想家，她怕林欢生气，不敢跟林欢说。她隐隐有些后悔当初草率的决定，这一走，尽管避开了一时的烦恼的压力，可是他们能逃一辈子么？难道一辈子不再见父母了么？未来，一片迷茫，看不到结局，笑容越来越少了，青春的容颜日渐憔悴，每一夜等到林欢睡熟，她就开始在心里自责，责问自己为什么要怀上这个孩子。这种进退两难的境地让她受尽折磨，苦不堪言。

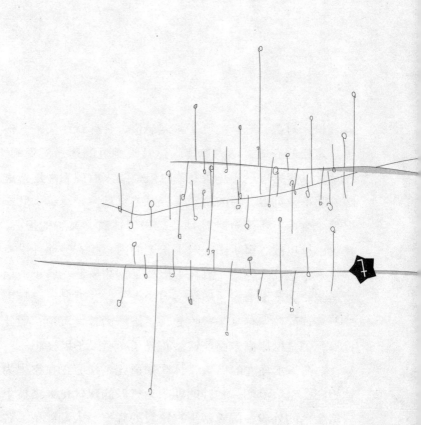

7 松原对自己隆起的肚子甚感恐慌，让林欢给买来几件
宽松的衣服，尽力遮掩。这几天她过的迷迷糊糊的，
睡觉时总梦见自己还是少女的时候，醒来后望着那逐渐滚
圆的肚子，觉得心惊肉跳。或者是错觉吧，她总感到肚子
里那个生命在不安分地乱动，想告诉林欢，又怕他担心。
林欢近日也被心事所困，对于松原的内心状态，他并没有
察觉到。这几天，他一直在考虑找工作的事情，由于缺乏
生活经验，不懂节省，两个多月的光景，三万元已经耗去
一万多，而稿费分文未曾收到，经济压力越发沉重，照此
推算，怕是松原尚未生产钱就花光了，后果不堪设想。

　　站在车水马龙的街头，林欢知道此刻松原正在家里为
他担心。空气澄明，初升的朝阳为气派的现代化大楼披上
一层金色的外衣，闪着帝王宫殿般的辉煌。人潮熙攘，各
有所忙，愈让他觉得自己是个多余的人。

　　他想起郁达夫笔下的"零余者"，在那个战火冲天、
硝烟弥漫的年代，一大批有志之士英雄无用武之地，因而
消沉、颓废，沦为"零余人"。这样尚且情有可原，然而
我呢？我分明是新世纪的零余者啊，心甘情愿地放弃眼前

的光明大道，而选择了一条坎坷曲折的歧途，性格决定命运，我怨不了别人，我抛弃了社会，也被社会所抛弃，上帝让我来到这个世界，原来只是为了惩罚我。

彷徨的脚步不知去往何处，经过一家小学，朗朗的读书声隐隐入耳……哦，春风习习，暖日融融，正是读书好时候，一个少年却辗转于街头，深味着一种浪子的哀愁，难道我已彻底同学生时代告别了吗？失落的林欢眼神渐渐忧郁。曾经，他是多么不情愿在学校里呆着，听老师咒语般的讲课；而今，虽不能说饱尝人世艰辛，但他却渴望在明亮的教室里坐上哪怕一分钟。稚嫩的肩膀，还不能扛下生活的重担，他有些惧怕了。

可是，他们没有回头路。一个生命正在松原的肚里迅速成长，爱是他们的全部，生活虽然辛苦，却不愿向俗世妥协。他不想后悔。

我的脚步想要去流浪

我的心却想靠航

我的影子想要去飞翔

我的人还在地上

我的笑容想要去伪装

我的泪却想投降

我的眼光想要去躲藏

我的嘴还在逞强

- - - - - - - ➤

我这样的男人

没有你想象中坚强

我这样的男人

在人世间飘荡

如果你宽容的胸膛

是我停泊的海港

让我在梦和现实之间

找到依靠的地方

人才交流市场。人头攒动，鱼蛇混杂，尽是为生计而奔波的人。这里招工的单位，基本上都需要高中或大学的文凭，其他一概不论。个别不看重学历的，又是那些没日没夜的苦活，柔弱的松原有孕在身，正需要照顾，岂能弃之不管？整整一上午，不断失望。

头晕脑涨地出来，艳阳高照，日轮的金箭逼得他睁不开眼睛，一身疲乏。

买了包烟，徒步走到海边，坐下，望着平静的海面，吞云吐雾，愁闷难消。

沙滩上，游人尽情嬉戏，虽非盛夏，已有不少人在海里游泳。

吸了大半包烟，方才起身，快餐店里买了午饭，又买了些水果，回家。

松原见林欢不动筷子，只看着自己吃，问缘故。

林欢说不饿。松原又问找工作的事，林欢说："我一开口，那些单位争着要我，我嫌工作差劲，工资又低，都没答应。下午还得去看看。"

松原放下碗筷，靠住林欢肩头，忽然哭起来："别再掩饰，一进门我就能感到你的失落和苦闷，我只恨自己手无缚鸡之力，没法帮你。你觉着活得很累，是吗？对不起。"

林欢抱住松原，紧紧地抱着，无言以答，偷偷抹去滑下的几颗泪水，路上哼唱的歌曲在耳畔响起。宽容的胸膛，停泊的海港，梦和现实之间，依靠的地方。

匆匆睡过午觉，下午又出门。

骄阳似火，热气蒸人，加之心中焦躁，步行没多久，全身是汗，粘粘的，很不舒服。到处都闪眼，只得拣林阴处走。

转过两条僻静的小路，现出一栋三层高的小楼，淡紫色的墙漆，天蓝色的楼顶，挺别致。看那门牌，是一家中学生刊物的主办单位。

林欢在门口驻足良久，忽然若有所思地飞奔回家，取了自己文章的手稿，复又折返，怀着一颗"怦怦"跳动的心，进了这家杂志社。

楼里静悄悄的，倒很凉快，来到三楼编辑室，犹豫片刻，敲门。

屋里："谁啊？"门"呀"的一声，开了，一个梳着倒背头的中年男子手握茶杯立于林欢面前。

打量林欢："你找谁？"

-------➤

林欢呆了呆，拼命挤出一个微笑："您好，我是一名高中毕业生，去年高考落榜一直闲在家里，爱好文学，也常写写东西。今天冒昧来此想找个活儿干，打扰之处，多请原谅。"一口气说完这几句话，刚退下去的汗又冒出来。

中年男子听林欢谈吐不俗，又打量几眼，说："进来说。"

屋里拉着窗帘，光线颇暗，倚墙立一书柜，里面塞满了书，一只大吊扇"扑嗒扑嗒"扇着风，宽大的写字台上零零散散置满了文稿，有手写的，有打印的。

中年男子招呼林欢坐下，问："喝水吗？"

林欢："不，谢谢。"

中年男子："叫什么名字？哪个学校毕业的？"

林欢："我叫林欢，毕业于五十八中。"上午他恰好路过Q市第五十八中学，此刻脱口而出，不免心虚。

中年男子："不复读了？最好还是上大学啊。"

林欢叹了口气，装着无奈地说："我天生不是学习的料，无论怎么努力，就是学不上去。现在整日呆在家里无所事事，只希望能快点找一份工作。"

中年男子笑起来了："工作可不是好找的呢！现今这个时代文凭十分重要。嗯，你说你会写东西？"

林欢就把自己的文章递过去，心里七上八下。

中年男子简单看了几篇，说："写得很好，字也不错。你这么有才气，你父母同意你找工作？"

林欢松了口气，说："我打小他们就不干涉我的决定，十年寒窗，我自己也的确学累了。"

中年男子又呵呵笑了几声，放下文稿，说："这样吧，你完成一个小小的笔试，我看看你的文字水平。毕竟，咱们第一次见面，我也不能完全确定这些文章是你写的。如果通过笔试，正好我们这儿有个做校对工作的人这几天忙着考研究生，你就补上他的缺，每月四百元，你看怎么样？"

林欢顿时心花怒放："当然可以。"

中年男子姓胡，是杂志社的总编。当下胡总编就为林欢出了个题目，让他在对面桌上完成一篇千字散文，限时两小时，自己坐下来继续审稿。

林欢不到一小时就写完了。胡总编接过一看，文采斐然，赏心悦目，不由对林欢好感愈浓："好文章！可惜没上大学。"

林欢心里暖暖的，他的诗文屡投不中，除了松原，无人称赞过他的文字。开口一赞，也算知音吧。

他稳稳情绪，说："那我可以在贵社工作了吗？"

胡总编："你不再考虑考虑上大学的事？看你的文笔，倒觉得你是块料子，可惜了呀。"

林欢摇摇头："我只想找工作。"

胡总编暗里也摇了摇头，说："好吧，你回去准备准备，明早八点过来取稿子。文字校对虽非文学创作，也是细致入微的活儿。"

谢过胡总编，轻轻快快地回家，刚进住宅区，大老远就看见松原拎着包东西在前面走。正欲高喊，忽见旁边有个男孩往她身上丢石子。林欢三步两步冲过去，推了小男孩一把，厉声道："谁家的孩子，这么没教养！"

那男孩是个小胖墩儿，经林欢一推，坐倒在地，活像个肉疙瘩，哇哇哭起来。

一个胖妇人从楼上风风火火奔下来，嘴里骂骂咧咧地扶起胖墩儿，向林欢和松原怒目而视。呵，正是他们对门的臃肿女人。冤家路窄。她急切地问儿子："宝贝，谁欺负你了？"

胖墩儿抽泣着抹抹眼泪，浑身肉哆嗦，手指向林欢："是他——"。

女人气焰上来："你们羞不羞啊？两个大学生合伙打一个八九岁的孩子，还有天理吗？我看你们有没有胆子打我！"

林欢大感冤枉，道："是你孩子先拿石子丢我女朋友，我只是推了他一下，没打他。"

女人回头冲胖墩儿说："儿子，他打没打你？"

胖墩儿哭道："打了，打了。"想了想，又说，"他打我的头，还有屁股。"

女人气焰愈盛，双手叉着水桶般的腰说："没法赖了吧？小孩子总不会说谎吧？我说你们在学校里学的什么习？受的什么教育？和小孩子动手，也不怕别人笑话？说话呀？没理了吧？打你们一来，我就觉得你们不是正经学生，整天在屋里放些乱七八糟的音乐，吵得这里不得安宁。"

林欢气血翻滚，张口想要辩驳，忽觉手上一热，急忙回头，见松原低垂着头，乌发盖住了她的脸，眼泪滴下来，大颗大颗的。

万箭穿心，不愿再多言什么，拉着松原上楼。

"砰"的一声，门关上了。

女人追到门外喋喋不休："现在真是世风日下啊，大学生年纪轻轻就同居，传出去也不怕人笑话，父母也跟着丢人现眼，真不害臊……"

杀猪般的嚎叫持续良久，方才停止，松原在林欢怀里泣不成声："欢，我好累，好累，为什么我们的爱情在世间没有容身之地？为什么我所逃避的总是要面对的？为什么没有一个人去试图理解我们？我的梦在一点点破碎，而我不得不接受这个破灭的过程，我就算化作一朵浮云，一片树叶，一滴海水也好呵！每天早上睁开眼睛，担心后怕就萦绕而来，挥之不去，这个世界，究竟还有没有一个地方，能让我们的爱安心停泊？"

林欢眼里也流出两行山泉一样的清泪，幽然道："请相信，会有的。现在的一切只是对我们找到那片圣土前的考验。我爱你，松原，别让我的心一次又一次坠入无底深渊。"

凄凄哀哀地哭了一会儿，林欢掏出纸巾揩眼泪，又为松原擦擦，柔声道："停止伤心吧，莫让决堤的泪水改变了你的容颜。这几个月，你的脸分明清瘦了许多，你知道我有多失落吗？唉，算了，不说这些……向你汇报个好消息，我找到工作了。"

松原强打起精神，绽开笑颜："真的吗？那得祝贺你了。"

见松原没有太多的喜悦，林欢说："乖，你在家好好休息，我到超市买个装文稿的提包。想吃什么水果？买给你。"

松原摇摇头，说："别乱花钱了，我什么也不想吃。"

林欢走到门口，回头看看面容哀伤的松原，叹息着摇了摇头。

第二天林欢又去了杂志社。胡总编交给他一大摞文稿，大约有百余份，提包装不下，又用塑料袋兜了些。

拍拍林欢肩膀："小伙子，好好干！如果工作出色的话，还会长工资的呦！"

对于这个工作，林欢是满意的。他不想离开松原半步，但因生计所迫，不得不去谋份差事。眼下这个工作，每周去杂志社取一次稿件，一定时间内校对完毕交给胡总编，便有工资。而完成工作的过程，正是在家里。他做得也安心。

文稿大都出自中学生之手，文字繁冗拖沓，思想幼稚，有的甚至文理不通，实在精品不多。林欢饱读之人，平素此类文章本不入眼，如今却不厌其烦地一篇篇校对，心里难免会不舒服，迸发出修改的冲动。

松原劝他："你又不是编辑，只管校对无误就成。"

林欢："真受不了这些文字，笔功尚未成熟就急着发表，也不怕贻笑大方。"联想到自己屡投不中，心里叹息不绝。

也许是潜意识的"复仇"心理所驱使，前几次他尚且忍耐，但不久终是按捺不住，打印好的稿子改得密密麻麻。普通的句子变得华美，平白的叙述变得抒情，简直与原始的手笔判若两人。望着焕然一新的文章，林欢获得了极大满足。

胡总编却不高兴了。做校对的多揽了份修改的活儿，肯定是要出力不讨好的。林欢解释说发表的文章质量不高势必影响销售成绩，一时心热故而改之。胡总编脸上怫然不悦。一方面，文稿经过如此之大的改动，需要重新打印、校对，不免对发行的速度造成阻力；另外，交到林欢手上的这些稿件是胡总编审阅好的，林欢这一改，岂不等同于蔑视他的"水平"？

不冷不热的批评，在林欢听来是嘲讽，从编辑部到出来的路上，只剩沉默。他从不曾想过自己会在另外一个人面前违心地点头妥协什么，一次次的现实之痛，只能使他愈发想念过去自由自在甚至随心所欲的生活。

烟在手里，面朝大海，春暖是否花开？

几天里校对百余份稿件，工作量是很大的。林欢大部分时间不出家门，隔两天买一回菜。最初来到这个城市，他们总在饭店里买现成的食物，但开销大，不是长久之计，林欢决定去市场采购生鲜食品，可省不少钱。

生平第一次买菜，惶惶不安。这对林欢来说无疑非常陌生。天刚蒙蒙亮，城市还很慵懒，伴着清晨的微风，沿海过两个十字路口，进入一个小型的农贸市场。

天边布满红霞，缥缈着凄凉的诗意，市场里却人声嘈杂，老人们拎着篮子四下里选购，不知所措的林欢像个孤儿般的望着这场面，半天回不过神来。他似乎听见心底传出一串嘲笑的声音，双腿像是钉在地上迈不出去。

水果蔬菜，鸡鸭鱼肉，什么都有的卖。地面的卫生状况不好，到处躺着果皮菜叶，有的地方凸凹不平，内有积水，同弃物混为烂泥；鸡肉铺前摆着些许鸡笼，里边的鸡毛、鸡粪未及处理，散发着恶臭，胃浅的林欢禁不住一阵阵恶心；血淋淋的猪肉被铁钩挂着，闪着油腻的光，一脸凶煞的卖主赤着黑红的膀子，嘶着喉咙吆喝："刚宰杀的鲜猪肉呵，过来瞧一瞧看一看哩！"

林欢想起书上说孕妇适食菠菜，四处张望，不见卖菠菜的摊子，往里走，远远看见两个摊位，步伐刚快起来，蓦然间又倒退两步，一瞬的惊恐让他背后冷汗淋漓，险些魂飞魄散。

一只死老鼠挡住去路。

定定神，隐隐感到左右袭来讥讽的目光，羞愧无地，却无论如何不能对眼前这具小小的尸体视若无睹。只好绕道而行。

走到摊前："菠菜多少钱一斤？"

摊主是个四五十岁的妇女，也许是长期奔波劳顿的缘故，提前的衰老让她的脸上沟壑纵横，凌乱的头发失去光泽，无神的眼睛因缺乏睡眠而红肿，张开口，满嘴的黄牙："五毛。"

林欢不知为何忽然想起松原，美与丑鲜明的对立，岁月可以扭曲人的本质，亦可催老人的容颜，谁能说这个举止粗鲁的妇女年轻时一定不是个美人呢？他想象不到松原白发苍苍时的样子，也不愿去想。美，能够永存吗？

妇女见林欢盯着菠菜呆呆地出神，问："喂，你买不买？"

林欢轻轻一叹，试着砍价："能便宜点吗？"

妇女早看出这少年是生手，说："少了不卖。"

林欢便不言语，掏钱买了两斤，妇女欢欢喜喜地收钱，却后悔没把价再抬高些。

一位老太太悄悄走到林欢身边，悄声道："孩子，你刚才被骗了，现在菠菜一斤最贵才卖三毛钱，她却收你五毛，该回去同她讲理啊。"

林欢摇摇头："随她的便。"

老太太也摇了摇头，嘀咕着走了。

日头愈升愈高，阳光炙人，不知不觉起了一身汗。买完青菜，林欢想买一只鸡熬汤给松原补补身体。太瘦了呀，尽管怀有身孕，仍像一阵风能把她吹倒。每天林欢伏案校对文稿，偶尔倦了，一回头，迎来的总是松原柔情似水的眼波。明亮的阳光从窗外洒进来，洒在他们身上，爱于相视的眼神中激荡，却也藏不住深深的哀伤，转过头来，泪已满眶。

不能想这些，一想起就会心痛。

鸡肉铺前，老板为林欢选了只肥大丰满的鸡，望着剥得赤条的裸鸡，胃里又是一阵恶心，摆摆手说："好的，装起来吧。"

采购完毕，迫不及待地逃离这个市场，逃离这污浊的环境，逃离这市井的喧哗，顾不得风度，顾不得形象。

回到家，方知买的是注水鸡，冷峻的脸孔结了一层霜。

一天晚上松原突然想吃草莓，玩笑似的说了一句，林欢就穿好衣服，要到昼夜超市去买。松原忙拦住他说："我说着玩的，这么晚别出去了。"林欢让松原在床上躺好，说二十分钟内就让她吃到草莓，松原心里充满感动，不忍心他夜里出门，张口还要说些什么，林欢已经带门出去了。

夜风清凉，林欢拎着一兜草莓往家走。步入居民小区的时候，他美滋滋地掏出手机向松原汇报草莓买到了，却没有觉察到不远处有几双邪恶的眼睛瞄上了他。

走到楼下正要上楼，忽然人影闪动，四个青年小跑过来将林欢围在中间。林欢吓了一跳，他从没见过这几个人，这使他刹那间想起了那些过去在电视上看到的黑夜凶杀案件。

四个青年年龄比林欢大不了多少，全部穿了耳洞，头发五颜六色，嘴里叼着香烟。一个身穿黑色T恤、老大模样的青年轻笑了一声，说："兄弟，别紧张。"

　　林欢："我不认识你们。"

　　"老大"吸了一口烟，吐出几个烟圈，又笑了笑，似乎知道林欢心里很害怕，便说："不认识，无所谓，哥儿几个今天没钱上网了，想借你点零钱用用。"

　　林欢："我没钱，你们找别人吧。"

　　这时候另外一个青年喝道："妈的，老子现在没工夫跟你瞎扯，乖乖把钱给爷交出来，放你走人。"

　　林欢仍然说："我没钱。"

　　穿黑色T恤的"老大"仰天打个哈哈，说："没钱也不要紧，你手里的手机，拿过来哥儿几个瞅瞅。"

　　林欢："凭什么？你们这分明是抢劫。"说着要拨110报警，老大模样的青年低吼一声，伸手就去夺林欢的手机，林欢向旁边一闪，将一袋草莓砸在他头上，另外三个青年顿时上前拳打脚踢林欢，林欢身上吃痛，黑暗中抬起一脚，说来也巧，踢中了那个老大模样的青年要害部位，青年疼的叫了一声，捂着裤裆退后几步，寒光一闪，从裤兜里掏出一把匕首。林欢乘机冲出包围，疯狂地跑出了小区，闪身进入一家便利店，躲在门后，店主老大娘认识林欢，见状问道："孩子，怎么了？"

　　林欢把手指放在嘴边做噤声状，他听见几个青年在外面嚷嚷："那小子跑哪儿去了？""到那边找找！"过了半分钟，林欢才从门后出来，匆匆对老大娘说了句"不好意思"，就一路急跑回家。

松原打开门看见林欢惊慌失措气喘吁吁地靠着门框，连忙把林欢拉进家来，问道："出什么事了？"

林欢不语，走进卧室躺在床上。他以前从未经历过抢劫，也很少打架，如今两件事情一齐发生，还是在异地的夜晚，不免心有余悸，神色恍惚，半天缓不过神。松原给他倒了一杯果汁，坐在他身边，等他粗重的鼻息渐渐平稳了，用手轻抚几下他的胸口，柔声道："亲爱的，发生什么事了？"

林欢木然地盯着刚刚刷过的墙面，忽然十分想念在家里被父母宠爱的生活。他向来觉得学生生活单调而沉重，羡慕成人自由自在不必担心学习成绩，眼下发生了这件事，他脆弱的心就有些难以忍受，隐隐的，他能够体验出父母的苦心了。

这种感觉只是一瞬，毕竟，他深爱的女子就在身边朝夕陪伴，上天已眷顾了他太多，还有什么值得埋怨的呢？想到此，他起身抱住松原，轻轻地说："没事，刚刚买好草莓，回来的时候遇到几个劫钱的。"

松原吓了一跳，朝林欢身上左瞧瞧右看看，担心地说："他们没打你吧？有没有受伤？"

林欢："没事，被我逃开了，那个坏蛋头子还被我踢了一脚，说到吃亏，还是他们吃亏。"

松原望着林欢的眼睛，说："真的？"

林欢笑了笑，握住松原的手，说："骗你做什么，你看，手机和钱都在这里，我身上也没受伤。"

松原悬着的心落了下来，长长出了一口气，说："只要身体不受损害就好了。"

林欢忽的眉头一皱，说："只是那几个人恐怕知道我们的住处，如果他们堵在楼下，事情就不好办了。"

松原叹了口气，说："Q市的治安不是很好么，怎么会遇到劫匪呢？唉，都是我不好，大半夜的要吃什么草莓，如果刚才你不下楼，也不会有这种事情发生，是我不好。"

林欢不想松原担心自责，脸上始终挂着微笑，说："好啦，别担心了，治安再好，城市里也不可能没有坏人的，况且那几个人年龄并不比我大，乳臭未干的，论劫匪他们还不够格，再说我们这里属于居民区，又不是荒郊野外，他们应该没有胆量来这儿'蹲点'的，放心好了。"

松原："如果下次你再碰见他们就立刻报警。"

林欢摇摇头，说："报警怕是不行，我们现在离家在外，诸事都不方便，更不宜惊动公安机关，你说是不是？"

松原想了想，觉得有理。窗外的月亮越来越高了，银色的月辉洒在窗台上，两个人说着悄悄话，渐渐沉入梦乡。

醒来已是阳光明媚的清晨，林欢在床上赖了一会儿，但想到今天该去杂志社取稿，就早早地起来了。出门前他想起昨天的事情，暗暗担心那几个青年是否守在楼下，怀着惴惴不安的心情下楼，只看到三五晨练的老太太，这才放心。

此后又过了三天，照旧是无事，林欢的忧虑也化作了那一丝淡薄的云烟，消融在天空的深处。

松原肚子大到衣服无法遮掩的时候，怕招人耳目，整日呆在家里，不想出去。小腿也开始浮肿了，行动很不方便。一个清晨醒来，在镜子里凝视自己，惊觉：那是我吗？凌散的头发，憔悴的面容，滚圆的肚子，十八岁的生命，人不人鬼不鬼……一阵晕眩，几乎站不住。回到卧室，林欢仍在熟睡，双眉紧锁，舒展不开，难道梦中也在忧虑？

松原哭起来了，她多么希望这一切只是一场梦，梦醒以后仍是过去那个典雅的松原和深沉的林欢。到现在她才明白，站在现实的窗前，那双眼睛再高傲、再明亮，也是看不远的。

过去，未来，一声叹息。

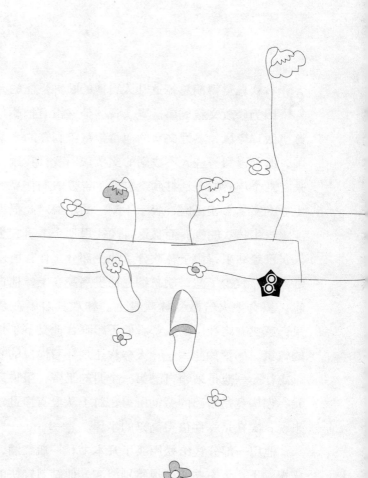

8 林欢总觉得胡总编这几天看他的眼神怪怪的，大概是因为修改文稿的事。老实说，他并没有把胡总编的告诫当做耳旁风，热爱文字的他希望每篇刊登的文章尽善尽美，所以遇到一些太不成话的文稿依旧我行我素。如此一来，几个作者的电话打到杂志社，说发表的作品与自己投出去的文字大相径庭，表示不满。胡总编对此很为难，只能暗暗生林欢的气。而且这时候社里那个考研究生的校对人员已经回来，由于林欢分了他一部分工作，所以他的工资亦因之减少了些，胡总编在社里高高在上，他自然惹不起，只有把火气撒到林欢身上。林欢一般不在杂志社多呆，感觉杂志社里的人都看他不顺眼，他受不了那种压抑的气氛。尽管如此，这一天林欢还是怀着愉悦的心情来到杂志社——他是来领自己第一个月的工资，虽说只有四百元，但毕竟是自己的劳动所得，对于从没有挣过钱的林欢来说，实在是一件值得高兴的事。

他用一部分钱给松原买了几本书和一瓶红酒，想回家庆祝一下。天有些阴，风特别清凉，他踏着轻快的步子走回家，打开门，眼前的景象把他吓傻了：一股浓浓的油漆的味道直冲进他的鼻子，从客厅到卧室，墙上地下不知泼了多少黑色、蓝色、绿色的油漆，沙发和窗户上也都泼满了，饮水机被砸烂，玻璃质地的茶几也被砸得粉碎，那座红木写字台被利器砍的全是口子……松原坐在床边，她的发丝、衣服上也溅了不少油漆，秀丽的脸上因为过度的惊吓而血色全无。

林欢目瞪口呆地立了良久，冲过去拉住松原的手，急切地问："这是怎么回事？谁干的？松原，你告诉我，这是谁干的？"

松原那一对深黑的瞳仁此刻变得好大，里面写满了恐惧，她似乎没有听到林欢说话，失神的眼睛直直向前瞪了一会儿，忽然"哇"的一声，扎进林欢怀里哭了起来。

在松原的哭诉中，林欢了解到，在他离家不久，忽然有人敲门，松原走到门边问是谁，外面有人说是林欢家吗？松原说是，那人就说自己是煤气公司的，前几天林欢打电话让今天把煤气罐送来，松原想家里的煤气罐不是才换上吗，怎么又有煤气罐送来？她当时觉得让别人在门外站着不太礼貌，不加细想就把门打开了。结果门一开就闯进来四个痞里痞气的青年，他们手里提着钢棍、钢刀和几筒油漆，眼神像锋利的刀子，不由分说就把松原推到一边，举起刀棍在屋里猛砸起来，一边破坏一边还往墙面、家具上泼着油漆。松原听见一个青年骂骂咧咧地说："龟儿子敢和我们'胶东四虎'动手，简直活腻了，看老子不毁了你的窝！"

松原被眼前这阵势吓的几乎魂飞魄散，她眼睁睁地看着几个青年在自己面前穿梭走动，肆意妄为，却无能为力，她大声地说："住手！你们是谁？"在一阵乒乒乓乓的巨响中，她的声音显得那样苍白和无力，她试着去阻止一个青年，结果却被猛地推了一下，险些摔倒，接着油漆就泼在她身上，她从未经历过这种事情，过度的惊吓让她在危急中想不出一点对策，任着自己和林欢刚刚收拾好的小家惨遭破坏，泪水已在眼眶中打转，可她紧咬着牙，努力不让眼泪溢出来。

然而这还不算完，四个邪恶的青年又商量着匿在家里等林欢回来，然后毒打他一顿。松原看见一个青年掏出一根绳子，笑嘻嘻地对她说："大肚婆，你老公把我们老大踢伤了，这是他自找的，你们活该倒霉，现在先把你捆起来，免得一会对我们不利，嘿嘿。"

面对着那张龌龊的嘴脸，松原身上不知哪里生出一股大劲，猛地推开青年，转身冲进卧室，锁上门，四个青年在外面疯狂地拳打脚踢，声声斥骂，几乎便要破门而入。松原心中突然变得一片雪亮，她翻出放在书桌抽屉里的手机，糟糕！手机没开，而此时砸门声越来越急，越来越响，她略微镇定了一下，大声地说："喂，110吗？我们家有人入室抢劫，地址是……"她并没有拨通110，事实上心中的慌乱甚至令她打不开手机，然而如此一来门外几个恶狼一般的青年却也受到威胁，匆忙逃走了。

松原听到外面忽然安静下来，哆嗦着打开门，望着狼藉一片的家，感到天昏地暗，腿一软，坐倒在地。

林欢从松原的话里已知四个青年正是那晚在楼下劫他钱的四个人，这段日子的"销声匿迹"看来只是假象，这伙人定然摸清了林欢的确切住址和作息时间，酝酿良久，方才出此一手。林欢盛怒之下，冲进厨房，抓起案板上的菜刀，双目烈火暴喷，倘若四个青年这时候立在眼前，他一定会冲上去同他们拼命！

松原颤巍巍地倚在门边，有气无力地说："你到哪去？"

林欢："我……我真想杀了他们！"

松原："欢，抱抱我好吗？我觉得好冷……"

咣当一声，菜刀摔在案板上，林欢过去抱住松原，她僵硬的身体刺痛了林欢。不知如何去疼爱和怜惜，他让松原简单擦洗了一下，换上一套衣服，随即到宾馆要了房间。松原第一次让林欢为她洗澡，她实在没有更多的力气动弹了。油漆难洗得很，林欢看见松原柔弱的双肩不住抖动。氤氲的水蒸气中，她泪雨滂沱。

洗过澡后，林欢把松原抱到床上，打开空调，给她盖好毯子，让她好好睡一觉，自己要去家里收拾一下。谁知松原紧紧抓着他的手，不让他离去。林欢心里难受异常，就在松原身边躺下，轻吻她的额头，哄她入睡。听着松原的鼻息越来越沉，林欢悄悄下床，轻轻带门出去。

荒如坟场的沙滩，无数的暗云聚拢而来，遮住本来朦胧的月光。天地间一片漆黑，几乎伸手不见五指。阴风怒号，指挥着汹涌的浪潮重重叠叠地打来，似乎黑暗的海面上正有一个又一个血盆大口冲过来。

松原穿着一身白色的睡裙站在那里，任风吹着，长长的乌发披散飞扬。她是那样的瘦弱啊，忧郁的脸颊没有一丝血色，只有那双眼睛还是明亮的，如一颗寒星。不，那是黑暗中摇曳的火焰，随时都将熄灭。风吹得太猛了，大海变成了魔鬼，在荒凉的人间疯狂地叫嚣，然而她仍要开口："海啊，你可会听我的诉说？"怒潮激风湮没了她微弱的声音，可她在等。

一个飘摇的声音从望不清的海对面传来："来吧，化身为海，来吧，这里才是你最终的归宿，来吧。"

这飘忽的女声……哦，那分明是自己的声音！在漆黑的海的那一头，也有一个我吗？也是这样单薄地临风而立吗？我又是谁？为什么会来到这里？林欢呢？是的，是的，林欢在哪里？这里何以荒无人烟？为什么我走不出这沙滩？欢？欢？你在哪里？我需要你，欢……

睁开眼睛，温暖的灯光有些晃眼，全身大汗淋漓，林欢坐在床头，握着她手，目光中充满深情和关切，问："做噩梦了？"

松原点点头，说："是被恐惧惊醒的。欢，在那个漆黑阴森的梦里，你不知道我有多凄凉无助。我丢了你，找你不到，一个人孤零零地站在海滩，承受着狂风怒潮的侵袭。那一刻，我几乎支撑不住，被海带走，真的，海面上有个声音在呼唤我，也许那是另一个我，我念念不忘于你，终于又回到这个世界。幸好，睁开眼睛就看到了你，如果你不在，我想我会发疯的。"

林欢把松原紧紧搂在怀里，长吻她泪迹斑斑的脸庞，冰冷的灵魂因为火热的感情而迅速升温，爱人的慰藉让她心中的海得以宁静。

林欢花钱雇家政服务中心的人员帮忙，用了五天时间，把房子拾掇一新：墙又刷了一遍，因遭到破坏而无法继续使用的家具全部丢掉，取而代之的是林欢重新购买的物品。最让林欢心痛的是，那两套松原精心挑选的窗帘因为沾上的油漆太多而不得不扯下来。整个房间在长达半个月的时间里仍然弥漫着一股难闻的油漆味，松原总是神经质地拿着空气清新剂到处喷洒。很长一段时间，她的情绪始终非常低落，听到家里有异常的响声就会显得特别紧张。

一天夜里暴雨欲来，看看窗外那些疯狂舞动的树木，就能知道风有多大。呜呜的狂风穿过树群发出一种类似于海啸般的声音，天幕灰暗，没有一颗星星，间或划过一道闪电，照得天地雪亮。松原紧紧缩在林欢怀里，心惊胆战地说："是他们又来了么？"

林欢抚着松原的秀发，柔声安慰道："亲爱的别怕，外面在打雷，要下雨了。"

松原："窗户在响，你听……好响。"

------->

林欢："不是啊，亲爱的，风大得很，窗户当然会响，放心吧，安心睡觉好不好？"

松原："他们以后还会来么？"

林欢："不会了，亲爱的，他们的仇也报了，目的也达到了，他们不会再来了。"

大雨骤然而降，雷声消失了，风声也小了，松原放下心来，依偎着林欢慢慢入睡。林欢却长久不能入睡，松原一天天显得柔弱，过去那个自强骄傲的女孩在现实的冲击下，变了许多。他们谁也没有想到独立生活会有这么多的麻烦和苦恼……

在这样的境况下，林欢偏偏又失业了。还是因为修改文稿的事。事实上胡总编颇为欣赏林欢的才华，但迫于种种压力，他到底对林欢下了"逐客令"。

林欢平静地听完胡总编对他才华的肯定，他懂他的意思，他同样晓得失去这个来之不易的工作会造成怎样的后果，然而他不想开口，在他看来，乞求无异于乞讨。

道一声"谢谢"，飘然出门。

胡总编想了想，追到门外，说："年轻人，我建议你最好还是上大学，莫辜负了上天赐给你的那份才气。"

时值盛夏，火盆似的太阳燃在苍穹，炙烤着宽阔的柏油马路，浮起氤氲的烟气，行人戴着遮阳帽或太阳镜，步履匆匆，如同逃荒。

只有他，固执地站在烈日下，任汗水湿透了衣裳。

工作丢了，总要再去找，焦灼的心不及慨叹和感伤，又开始奔波。

一筹莫展。

茫无头绪来到"大学路"，附近大学林立，气象森严。林欢走得倦了，停在道旁的大树下乘凉，见不远处三三两两的大学生，手持木牌，上写"应聘家教"，忽然灵机一动。他找到一块硬纸板，在上面也写下"应聘家教"四个大字，加入大学生的行列。

一个高高瘦瘦的男生在旁边打量他好一会儿，最后走过来，问："兄弟，你是哪个大学的？"

林欢："我不是大学生。"

男生："那你也来应聘家教？现在的家长为孩子请家教只看重文凭，谁的大学好谁就吃香。要没文凭，就别来做家教。"语气中透着轻蔑。

没文凭怎么了？林欢有些气愤，受不了这大学生的骄傲和肤浅，便不再开口，扭头望天。

男生讨了个没趣，怏怏地走开。

男生的话并不错，木偶似的站了好半天，只有一位家长"光顾"，想找个家庭教师为儿子辅导语文。林欢拿出自己的文章，还没张口，那家长先说了："我不看这些，你是哪个学校的？学的什么专业？"林欢刚说出自己不是大学生，家长立刻转身走了，还甩下一句："神经病。"

自尊心受到挫伤，林欢真想马上离开，但抱着一点点幻想，又怕错失良机，煎熬中不知不觉已站了一天。

红日西沉，霞光满天，渐凉的风似在嘲笑他的愚蠢，

------->

失魂落魄地回家，松原知道他丢了工作，温言劝慰。

他不吭一声，倒在床上睡去。

第二天起来不甘心，换了几处地方等候，依旧无果。

终于彻底放弃，将纸板狠狠摔在地上，使劲地踩。

天似乎压得很低，愁云惨淡，令人躁乱的闷风粘住这座城市。望着纵横交错的街道，忽然好像迷路，想起日常零用钱所剩无几，到银行取了五千元，然后漫无目的地游荡，心情坏到极点。

路经一处公园，忧郁的目光被里面参天挺拔的大树所吸引，似乎正向他招手，于是买了票，奔着那团绿过去。

游人不多。

湖面上浮动着夕照恩赐的碎金子，'三五老人正在垂钓，气态闲雅。正南方，是条"花路"，各色各样的花平铺开去，赤橙黄绿青蓝紫，芳香幽幽，引得蝴蝶追逐。草坪一直伸入树林深处，山上吹来一阵急风，带起隐隐的松涛声，久久不绝。那气势，像在奏着一曲豪壮的交响乐，突闻一声鸟鸣，气氛立时恢复宁静。

林欢迫不及待地投入树阴的怀抱，草木夹着泥土的芬芳，被他大口吮吸进去，滋润荒原般的心灵。这时候他感到累得不行了，恍然间仰倒，疲惫一瞬间被风带走。

他是爱着这土地啊，这里，虽不比他梦境中的森林，但身下是青草床，上面还有遮天盖日的绿的树影，就算他含着泪水死去，连羽毛也腐烂在土地里面，也终归是生命的回归啊！就索性把一切都搁下，寻梦去吧。

灵魂浸在水中，慢慢浮出水面。思想渐入迷离之境，那倚风起舞的，是松原的影子，轻衫飘扬，回眸浅笑，望穿秋水，将美诠释到极致，在这一望无际的绿原。这里是否荒无人烟？这里是否远避尘嚣？如果是，那让我们一起翩翩起舞，或者尽情追逐，谁说你只是我梦中的幻影？

　　　　　　　风不停，绿树阴

　　　　　　　阳光晃眼

　　　　　　　天真蓝

　　　　　　　我们在奔跑

　　　　　　　沿着斜阳

　　　　　　　是你喘息

　　　　　　　起伏不停

　　　　　　　我闭上眼睛

　　　　　　　我们躺在青草上仰望

　　　　　　　看日子在飘荡

　　　　　　　我们像那朵云彩一样

　　　　　　　来不及回头望

　　　　　　　真快啊

　　　　　　　我的夏天

　　　　　　　像浮云般飘散

　　　　　　　说着她再也不会回来

　　　　　　　真想再见

- - - - - - →

我们还在玩耍

和我再漫天飞扬吧

别忘记呀

那天你的脸

再见

风伴着歌谣在耳畔哀唱，竟不觉眼角有泪滑落，当繁星挂满树梢，黑夜已然沉沉降临。

手在草丛中摸索，却找不到提包，天！提包哪去了？猛地当头一棒，心凉了半截，慌忙站起来，梦影全被击散，四下里找一遍，仍是没有。

包被偷了！里面还有刚取出来的五千元钱！

还疑是在做梦，扇了自己一巴掌，很疼，这不是梦。

怒视夜空，脸上的肌肉不自觉地抽搐，张开口，发出绝望的呻吟，继而天旋地转，只觉北风呼啸，寒雪侵身，愤怒化作了一片可怕的静默。

疾奔疾走，在这暗夜花香依旧的小径，如走兽一般。路旁一个小孩被他这副情状吓得大哭起来，他却已不能感知周遭，眼神中充斥着狼一样的青光。

只有狼才具备这种疯狂。街成了阴森的旷野。

霓虹灯深处，一座酒吧。忽然又清醒了些，义无反顾地进去，身上只有三十几块钱，要了五斤扎啤，一口气灌下两斤，一股清凉入腹。许久没有接触过酒精了，毫无感觉，痛苦已扎根太深。

但他定要坚决地甩开清醒。

狂热的摇滚乐，膨胀的男女，无限的high，这些都是一种讽刺吗？

跌跌撞撞地跑出来，酒精起了作用，横穿马路，尖厉的喇叭长鸣，飞驰的汽车简直就要撞到他，骂声从车窗内传出。

他还认得回家的路。

门打开，松原噙着泪水，她已担心了一天。

东倒西歪，尚且讥笑着自己，大声说："我是不是很没用？"

松原："为什么这样对待自己？"

左冲右撞地摸进客厅，歪在沙发上："钱丢了，五千块没了！上天不给我们留一条活路，它是要我们死啊！"

借着视线里模糊的光线，看见松原纤细忧郁的影子，手伸出去，大叫："松原，别，别离开我！"

松原走近，握住他手，哽咽道："你一直在故作坚强，是吗？你一直在强忍着内心的委屈和精神的幻灭，是吗？你一直吞着苦楚，却不忍告诉我，是吗？"

林欢突然大哭起来，从来没有过的惊天动地："我要让你看看，这是怎样的一个人世？活在这个世界，注定受尽屈辱，我不想看到别人异样的目光，我不想感受别人的冷漠心肠，他们甚至剥夺我选择孤独的权利！他们一点点粉碎我们的精神家园，还要狰狞地笑着说：'来吧，欢迎到这现实的世界，在这里，没有纯粹，没有真诚，你必须用铜臭裹身，你必须用虚伪说话，你必须扼杀天真，如此，你方能生存！'有没有拒绝妥协的方法，有没有使我超脱的途径，松原，你在哪里？你告诉我！"

松原："我就在你身边，安静下来吧，欢，你所言何尝不是我想说的话？别让我看到你变成另外一个林欢，我不要。梦是一点点碎了，如今能做的，只有一点点抚平伤口，至少，不要太早地复发，拿出你的勇气来好吗？也让我的支柱不致完全倒塌。"

林欢头脑一片空冥，嘴里喃喃乱语："累……松原……我累……你包容的胸膛是我停泊的海港啊……梦和现实之间……依靠的地方。"声音一点点弱下去。

松原费劲地把他扶进卧室，灯关上。狂风暴雨总算止歇。

林欢并不能安然入睡，胸口翻滚的难受，心中波涛怒涌。一片寂静，松原大概睡着了。林欢酒醒了许多，身子有些冷，月亮如水的清辉洒在黑暗的窗口，一层淡淡的薄薄的光。风吹来了舒缓的节拍，窗台上的兰花腰肢轻轻舞动着，这小小的舞台让他看着忽而眼里跌出几颗冰冷的泪滴，晶莹如露，叹息亦不能发出，黑暗中独自摸索着悲哀，一颗心千疮百孔。

> 淡呀淡呀淡的光
>
> 照在黑暗的脸孔
>
> 是你无悔的眼眸

擦亮了我的心

淡呀淡呀淡的光
照在黑暗的床头
是我不变的真情
融化了你的心

抚过你的脸庞
是季节的转换
春夏秋冬凋落
留下的是沧桑

抚过我的脸庞
是梦想的迷惘
东南西北流浪
留下的是绝望

淡呀淡呀淡的光
是永恒的泪光
我们打开了那扇窗
也关上了那扇窗

淡呀淡呀淡的光
是天堂的方向

- - - - - - - →

我们看到了那道光

也忽略了那道光

松原忽然说："欢，你在想什么?"

林欢不成想她没有睡去，只说："你还没入梦吗? 我正要睡呢。"

松原转过身，语轻如缕地说："你哭了吗?"黑漆漆的枕边，她看到的只是依稀一个轮廓。

沉默着伸出手，摸到他脸上残存的泪滴，心中大恸，想起身开灯，林欢拦住她："别。黑暗有何不好，我想这是一种沉淀吧。"

松原："闭上眼睛。"

林欢："我会睡的。"

松原："不，你闭上眼睛，听我说。"

两双眼睛闭上了。

松原："这座崇峻的高山，除了我们，永远不会出现其他人。你牵着我手，站在山腰，扬目四顾，只见遍山红绿，春意正浓，你能看到吗? 清晨的雾还没有散去，阳光已经相当晃眼，那天空蓝得让人心醉，这时候，激荡的风吹过来，松涛鸣响震耳欲聋，你能听到吗? 这粗犷壮美的豪音使我们痴迷，闭上眼睛，尽情陶醉，涛声渐去，融入林间，飞鸟啼鸣，花香浮动，大概有上百只鸟吧，扑嗒着翅膀飞来飞去。眼花缭乱的我们，抚摸着年代久远的树木，数着年轮；空气饱满清新，岚气渺渺，丛林深处有一条小溪，水流淙淙，唱着亘古不变的歌，水面上飘着绿叶、红花，这是生命消逝之后寻找归宿的过程，如此单纯简单；蝶儿找不到她的情人，花间草上，翩跹起舞，看来并不着慌。在自然的怀抱中，我们的身体一点点酥软下来，仿佛化作林中的一草一木，或者干脆化作一阵清风，加入松涛的阵列，长空万里，自在遨游，看山之绿衣，观磅礴瀑布，你中有我，我中有你，傲笑九天……欢，你能看到吗？你能听到吗？你，能感受到吗？"

林欢"嗯"了一声，全然入境，着迷道："松原，我看到你飘扬的长发，真好看。其实呢，这座山林的后面，便是无边无际的大海，你最深爱的大海。万丈阳光倾洒，海水碧绿如蓝，我们驾着长风飞来，成群的海鸥向我们问好，横掠海面，直入大海深处。海风越发的猛烈，白浪滔天，金波闪烁，奏着比松涛更壮美的大海狂想曲。浮云几近于惊战了，受惊地逃去，我们的心魂由山之韵转为海之魄，终于返回沙滩。大风大浪后的平静，细细梳理爱的心绪，无限地沉浸于这幻境吧，松原，我爱你。"黑暗中的氛围又安静了，只有心中那山，那海，那森林，那沙滩，时而轻渺如诗，时而澎湃如狂……

他们紧紧抱着，在另一个世界迷醉。

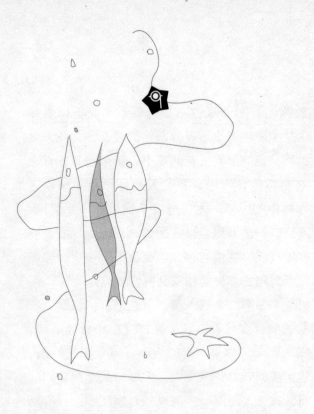

9 再长的黑夜，总会有黎明的时候；再甜的美梦，总会有苏醒的时候；当一个人没有资本的时候，梦想总会向现实低头。

林欢无论如何要尽快找一个工作了。丢失的这五千元，无疑给他们本来拮据的经济雪上加霜。

他似乎懂一些了，低下那颗高傲的头，虽然这让他感到比杀了自己还难受，但他没得选择，自尊值几个钱？

然而即使这样，工作仍是非常难找。他没有任何文凭，没有能言善辩的舌头，没有算计人的头脑，没有大声吆喝的胆量，甚至没有强壮如牛的身子骨……可以说，他一无所有。

辗转于这座城市，处处碰壁，处处遭遇冷漠和白眼，要知道，他豁出去的是自己赖以生存的尊严啊！

他变得越来越古怪，越来越不爱说话，每天几乎以烟为食，而因为经济紧张，所吸者全是一两元一包的廉价烟。每到深夜，他的肺就像烧开了水一样沸热，痛如刀割，咳嗽不断，脸上的病态越发严重。

一个狂风大作的下午，在一家小型海鲜楼里，老板见他形容可怜，便让他做了一名端菜的服务生，每月三百元，管饭（其实就是客人吃剩的饭食），并且答应他，免费让大厨帮忙加工从市场上买来的食物。他已经很满足，努力做出千恩万谢的样子。那一刻，他切齿地恨自己，瞧不起自己，如果给他一把火，宁愿把自己烧成灰烬。

暴雨终于倾盆，雷声轰鸣，仿佛在质问他的灵魂，而那肆虐的狂风，则在嘲笑他的无能。低着头，走在大雨滂沱的夜晚，雨淋湿了心情，悲不自胜，心冷着，双眼却热起来，一片模糊，是雨是泪，他也分不清楚。

家里一片惨淡光景，松原躺在床上瑟瑟发抖。轰炸般的雷声和暴雨令她恐惧。风在窗外肆无忌惮地吹着，呼呼声响，似乎想要破窗而入。

她孤单，她难受，她无助……从前每逢雨夜，她总会像一只受惊的小鹿般躲入母亲的怀里，而今，她有林欢，可是，此时此刻，他在哪里？他在哪里？

门打开，林欢裹着一身雨水进来，提着塑料袋里早已冷却的食物，木然道："吃饭吧。"

松原泪如泉涌，啜泣道："我不吃。欢，你过来，握紧我的手，不要和你分开。我害怕。"

林欢换下湿漉漉的衣服，坐在床头。

松原在林欢怀里依旧抖得厉害。

握住那双小手，林欢说："你的手真冷啊。"

泪水蜿蜒地流淌，在松原的脸上。

林欢直直地盯视着墙顶，面无表情。

屋外，暴风骤雨，不知疲倦。

酒店里的服务生，大多初中未读完就辍学打工，没什么文化。平日里除了工作，就是打打扑克牌，讲讲黄色段子，满脑子的男盗女娼。林欢耻于同他们为伍，躲得远远的，久而久之，这群服务生也懒得搭理林欢。

他的人缘很差。

一次上菜后，客人要求用餐巾纸，他取了些送过来，客人嫌少，嘟囔着："这么吝啬啊，把餐巾纸也当宝贝吗?"

同桌一个痞里痞气的青年笑道："人家留着擦屁股用的，算了。"

林欢沉声道："你先把你的嘴擦干净。"

青年怒喝："你说什么?"

林欢不答，默然转身。

青年："站住!你小子什么态度!"

大叫大嚷，借机闹事。酒店老板过来了，忙不迭地赔不是，青年不依不饶，一定让林欢道歉，林欢说："我到这里是为了工作，不是为了受气。"

老板暴跳如雷，指着林欢鼻子说："好，你不受气，这就给我滚蛋。"

一阵短暂的沉默，林欢败下阵来，他已走投无路，僵着脸点点头，从牙缝里挤出三个字："对不起。"

青年打着饱嗝，嘴里叼着牙签，冲林欢洋洋得意道:

"小子，以后学聪明点。"

心如死灰，只恨没有钻入地底的通道。

又有一次，他立于厨房门口准备端菜，忽然灵感一闪，起了作诗的冲动，分外欣喜。自从接受生活的艰辛以来，干涸的心灵犹如一口枯井，以为永远丧失了吟哦的能力，当下一切抛在脑后，向总台要了支笔，没有稿纸，就铺开一张餐纸，忘乎所以地挥洒起来。

厨子这时候叫道："上菜哩！"

可林欢全然投入到另外一个世界，对于周遭环境，就像一个聋子。

厨子连催几声，无人来应，忿忿地提着菜刀出来，见林欢伏于餐桌奋笔疾书，推了他一下，林欢倏然一怔，如梦初醒。

厨子没好气地说："干什么呢？上菜了知道不？"

林欢："我在写诗。"

厨子似乎听到了全天下最可笑的事情，夸张地笑道："我说诗人啊，咱这可是饭店，不是你的书房，哼，写诗，就你……"

见林欢还愣着，斥道："坐这儿跟爷似的，快去端菜！你这是找挨骂。"

灵感全没了，林欢郁郁地站起来，将完成了一半的诗篇撕得粉碎。

酒店为节省开销，常把一些吃剩下的油水"二次利用"，林欢瞧在眼里，说不尽的恶心与鄙夷。此后但逢客人点菜，他就在旁边发表意见："这菜不要点，'口水油'做的。"吓的客人不知所措，有的干脆拂袖而去。

老板知道了这件事，怒火中烧，劈头盖脸地训斥林欢："养你这叛徒有个屁用，帮不上什么忙还尽踢我生意，给我滚蛋吧！"

又是滚蛋，林欢低着头不说话，双手垂于大腿两侧，像极了旧时的奴才之于主子。

老板倒也有慈悲心，骂了一会儿解了气，见林欢诚惶诚恐地站在那里，就调他去后厨做些洗碗择菜的粗活儿。

午后时光生意清闲，店员们打牌的打牌，逛街的逛街，唯独林欢无所事事。见候餐沙发上置了几本杂志，取过来看，翻了几页，一首诗吸引了他：

受够了无情的戏弄之后
我不再把自己当成人看
仿佛我成了一条疯狗
漫无目的地游荡人间

我还不是一条疯狗
不必为饥寒去冒风险
为此我希望成条疯狗
更深刻地体验生存的艰难

我还不如一条疯狗！

狗急它能跳出墙院

而我只能默默地忍受

我比疯狗有更多的辛酸

假如我真的成条疯狗

就能挣脱这无形的锁链

那么我将毫不迟疑地

放弃所谓神圣的人权

　　杂志跌落在地，林欢若有所悟："疯狗么？嘿嘿，一条疯狗，一条疯狗。"

　　他笑得古怪。

　　海鲜楼离家并不近，林欢每天起得很早，步行半个多小时去上班。现在的他从生活的每个细节考虑节省，过去打车的习惯，不得不丢弃。

　　林欢一走，松原便独自守着这间房子。最初几个月的整洁、简单早已面目全非。地好久没有拖过了，衣物用品凌散搁置，四顾萧然，在这样的环境下，心情无论如何好不起来。她忍不住收拾、清理，然而只是活动了一会儿，就气喘吁吁，心慌头晕，以她现在的身体，实在应付不了任何劳动。

　　只能坐下静养。这一带居民区如同市场，一天里难得几回安静。大清早，成群结队的老人放开音乐做操或者拍手跺脚喊着口号。他们挑的"阴凉地",正在林欢和松原的楼下,仗着年事已高,居委会主任也撵不走。折腾到中午,小孩子在家吃饱了饭就到这里游戏,叽叽喳喳地叫个不休,偶尔来三五少年,好家伙,打起篮球来!时常会听到吵架的声音,通常主角是女人,无非是因为一些鸡毛蒜皮的小事,争得面红耳赤,你死我活……松原觉得自己快要崩溃了,只能求助于音乐,可这时候隔壁的胖女人又不干了,几次来敲门,松原不敢开,门外便嚷开了:"你们还让不让人清静了?整天放这闹心的音乐,怪舒服的你们!我儿子害头疼,你们给掏钱啊?……"后面的话不堪入耳,松原倒深深佩服这女人,音量明明已经开到很低,她却似有一双顺风耳,音乐响起她的敲门声也跟着来报到了。

无力梳理这深不见底的悲哀,她和林欢,低估了现实的艰难与不易。也许这是必然的。终于明白,在"逃亡"之前,他们一直活在梦里,梦的宠儿。精神的无限升华和灵魂的脱尘独立装饰梦的斑斓,手里握着美与纯粹,笑容如夏花般灿烂,于是以为找到了永恒,这是一种欺骗吗?这是一个玩笑吗?这是一出悲剧吗?松原隐隐觉得自己就是这悲剧的主角,即使在没有事情的情况下,她也会让自己的心里装满悲伤。在这短短几个月里,她多么深刻地体味着现实之痛。可是,清醒归清醒,明白归明白,妥协与坚持还是另外一个问题。不,不是坚持,应该是执迷。她又忍不住笑了,很凄凉的,倘若梦想总是这样易碎,她情

愿做牺牲品，情愿被永远地放逐，情愿被无尽的黑夜吞
噬，然后慢慢地撕碎。

想起林欢，心里又是阵阵创痛。那段倚风起舞的日子
已然远去，她和他彼此深深地崇拜，深深地热爱，谁也没
曾想过会陷入今天这种境地，亦可说是一种结局？一种结
局，一种两个孤独的孩子同时从云端坠落的结局？下降的
速度不见和缓，他们坠入的是无底洞。这个过程中他们拼
命用手去抓，试图抓到什么可以使他们重升天境的东西，
一切只是徒劳，眼前越来越黑……她不在乎自己被摧残到
何种地步，却绝不愿林欢亦受同样命运，但迟了，太迟
了。他的变化让她惊惶，他的日渐消沉让她痛苦，竟对自
己也倦于开口了吗？往昔那个追求艺术，追求极致的翩翩
少年，就这样和自己一起毁灭了吗？

她拿不出拯救的办法和力量。

一场雨后，暑天的燥热渐退。尤其在傍晚和夜里，秋
天的味道让两个敏感多情的人感到淡淡的诗意。

忙了一天，傍晚照例回家给松原送晚饭，怕食物凉
了，走得很快，刚进屋，便感觉气氛不大对头。

一个高大的身影立于客厅，与之相对的是松原惊慌失
措的脸。

一个箭步冲过去，挡在松原身前，这时候才看清楚来
者是房东。

颤声道："你干什么？"

房东尴尬地笑笑说："不要误会，我是来收房租的。你手机总是关机，联系不上，我只好过来了。"

哦，这也怨不得房东的。他们交了半年房租，如今期限已过，林欢因手头紧手机早停机了，房东欲收房租却找不到人，只能找上门来。听到有人开门，松原还以为是林欢回来了呢，从卧室迎出去，见到如此粗壮的男人，惊惧得说不出话来。房东对大着肚子的松原也是"猝不及防"，眼神都直了。无言对峙片刻，林欢方才进门。

林欢神经质地回头问松原："他没伤害你吧？"

松原："没有。"

松了口气，对房东道："我们现在没有这么多钱，明天上午我去银行取钱，您留下个地址，我给您送过去，成吗？"

房东大概也想尽快脱离这难堪的境地，匆匆留下见面地点，走了。走出去的一瞬间，林欢清楚地看到房东饶有兴味似笑非笑地朝松原滚圆的肚子掠了一眼。

松原还站在原地发蒙，林欢说："别怕，没事了，我扶你进屋休息。"

天似乎塌了下来，松原脚下虚浮，一个趔趄，林欢急忙扶住，拨开长发，只见她脸上泪水涟涟。

林欢心中痛悔，不知如何安慰："对不起，亲爱的，对不起，他只是来收房租的，我保证他永远不会再来，我保证。"

松原："欢，我们过得这叫什么生活啊？我简直痛不欲生。我想解脱，不要再这样屈辱地活着，我们的选择错了吗？但如果不这样选择，又能如何？我们嘲笑着世人的自私和懦弱，却把自己推入万劫不复之境，这场逃亡，分明是一个走向灭绝的过程啊！"

林欢："可我们已经走到这一步，眼看着孩子就要出生，你竟忽然熬不住了吗？"

松原："那么，就算孩子生下来又怎样？我们能回到最初吗？我们还能快乐吗？现实就能接受我们吗？飘泊就会停止吗？欢，我们莫再欺骗自己了。"

目瞪口呆，几句话触动林欢内心的最深处。是啊，孩子生下来又能怎样，其实，他从来都在回避着这个锥心的问题。从一场噩梦堕入另一场噩梦，上帝太残忍了。想到一叶孤舟，一叶叫做命运的孤舟，在黑夜的海上飘飘荡荡，却靠不了岸，飓风掀起波涛滚滚，眼看着将孤舟颠覆，黑天恶海，无所求援，每一秒都惊心动魄……

点燃一根烟，半晌无语，安置松原上床躺好，说："酒店晚上还有工作，我得过去。停止乱想，睡一觉吧。"

悲风呜咽的黑夜，层层阴云向海面上压近、弥漫，仿佛地狱之门大开，放出成千上万的怨灵，随海风飘散着，发出无比凄厉的惨叫。地狱将天堂取代了吗？那漫天飞扬的幽魂，互相传递着忧郁、困惑、焦虑、苦闷、绝望、死亡的气息。松原仍然穿着那件白色睡裙，面对着黑暗的海，忽觉脚下软软的沙滩变得如钢铁般冷硬。

"这是第二次了……"嘴里喃喃地说道，她不清楚自己是怎样来到这里的，最初的惊恐无助竟已淡化许多，想起一句话：绝望可以镇压恐惧。

不知何去何从，似乎每走一步前方就是万丈深渊，难道就这样长久地立于一片黑暗之中？她知道此刻大海离她很近，就循着澎湃的海潮声，向前移近，涛之怒吼越来越响，震耳欲聋。终于双脚一片凉意，是潮水漫过了她的小腿，停步。

神圣广阔的海呵，我回来了，无论寒冷的人世再如何摧残我的容颜，我也始终怀着一颗虔诚的心热爱着你啊！

雄劲的狂风吹得她摇摇欲倒。此时一串极轻极轻的笑声传入耳里，无限凄凉，令人窒息。

一个同样白衣长发的女子站在她身边不远处，缓缓转过头来，黑黑的眼圈，惨白的脸色，憔悴的形容，哦不，这分明是另外一个松原！

触电般后退两步，心中如同打碎了一面镜子，恐怖占据全身，彻彻底底"怕"了"自己"。

"自己"开口说话了，嘴边犹挂着一痕笑意："不用慌张，我就是你呀。"

松原："上次在海对面呼唤我的声音，是你吗？"

"自己"："当然，我一直深藏在你的心底，谢天谢地，你终于自觉地来到这里，使我们得以交流。"

松原："我很乱，不知究竟发生了什么，可我想回去，欢还在等着我。"

"自己"低头笑了起来，让松原针刺般难受："别傻了，人间事尽属浮云，林欢只是你感情中的一个幻影。我来是带你走的，你不是也说过大海是你的归宿吗？跟我走吧，化身为海。"

松原："融入大海吗？那欢怎么办？即使真的要走，我也要向他告别。"

"自己"："你没的选择。"

松原："不，你让我回去，我爱欢，我答应过他不让他迷失了我的方向。"

"自己"："他其实正在海之深处等着你。别再顾虑什么，别再迟疑什么，你本就不属于这世界，来吧，跟我走吧，化身为海，化身为海。"

声若催眠，松原情思渐渐恍惚，"自己"迎海走过去，从小腿到膝盖到大腿再到腰间，海水越漫越高。

化身为海……化身为海……

松原跟随着"自己"，越走越深。

"自己"再一次回过头来，神秘的微笑一闪而过。这时候松原看到"自己"脸上开始变化：嫩脸突然破裂，爆出鲜血，双眼闪着幽幽的绿光，而且，不见眼球，只剩眼白！毛发突然脱落，露出森森白骨……

松原"啊"的一声大叫，转身朝海滩急奔。海里似乎有无数只手，抓住她的腿不放，一个浪潮打来，险些将她淹没，万念俱灰的恐怖。身后"自己"阴冷的笑声飘过来："来吧，来吧，化身为海"。

没有想到能回这个世界，但她终究是回来了，林欢的奋力推摇使她悠悠醒转。月至中天，窗外有徐徐的风吹进来，真如死过去一回，全身疲乏不堪。

林欢："又做噩梦了吗？我回来后见你僵卧在床上，双眼紧闭，像在遭遇什么磨难，嘴里呓语不止，什么身什么海的，推你不醒，把我吓坏了。"

松原轻叹口气，回忆着清晰的梦痕说："我又进入那场梦境，黑暗的大海，冷寂的沙滩，幽灵似的云。我见到了自己灵魂深处的魔鬼，她是海的使者，召唤我回归大海，她说你在海的深处等着我，等着我。"

林欢担忧地望着松原，手心沁满了汗滴："是我的错，没有把你照顾好，可现在的工作我实在脱不开身，我想，该找个人陪陪你了。"

第二天，林欢向酒店请了一天假，去了劳务市场。他想找个保姆。松原孤守家中，着实放心不下，孩子又快出世，分娩前后所需要面对的事情亦令他恐慌无措，需要个"帮手"。

找保姆比找工作容易得多，晌午未过就选好一个，农村姑娘，年龄和林欢相若，做家务算得上是一把好手，要求也不高：每月两百元，管吃管住就成。

下午见面，果然乡土气浓郁：花格子衣裳，粗布裤子，梳两个小辫。交谈几句，人还算实在，只是文化程度太低，想和松原做深入的交谈怕是不行。但多一个人在家里总是好，其码可以稍减松原的孤冷，拾掇拾掇家务，他也能安心工作。

姑娘名叫小翠，怯生生地跟林欢进了家门，见到大着肚子的松原，心里一阵惊奇。林欢向她说明日后需要做的事项，当晚便让她睡在客厅里。

早上，林欢起床去卫生间，推开门，赫然见到小翠正蹲着方便，脸上顿时火辣辣地一阵热，赶紧关上门，站在门外吼开了："你上厕所怎么也不关门？你这样让别人很难堪知不知道……"说不下去，气咻咻地回卧室，松原刚醒过来，见他气得脸通红，忙问缘故。林欢无以解释，脸也不洗，牙也不刷，上班去了。

家里只剩下松原和小翠。互相拘谨地笑笑，不知该说些什么。小翠的眼神总落在松原滚圆的肚子上，心里猜测着她的年龄，无论如何也看不出比自己大多少。脸竟慢慢地红了。

松原给她瞧的浑身不自在，厌恶暗起，转身回卧室看书。小翠不敢闲着，打扫家务，倒也麻利，等松原出来的时候，客厅已收拾得焕然一新。

松原："休息一下吧，暖瓶里有开水。"

小翠涮完拖把，伸伸腰，打开电风扇吹风，左右环顾了一圈，说："你们家没电视吗？"

松原："电视是没有，不过音乐有的听，在里屋书桌上有台CD播放机，听吗？"

小翠点点头，跟松原进了卧室，松原把碟包交给她。

打开，碟不少，有《森林狂想曲》、《大海狂想曲》、《神秘园》、《班得瑞音乐专辑》、《苏格兰风笛之爱尔兰画眉》……大多是轻音乐。

小翠问："有刘德华和F4的歌吗？"

松原笑笑说："我不太习惯听通俗音乐的，不好意思。"

小翠意兴索然地放下碟包，迟疑了一下，说："我能出去玩会儿吗？就一小会儿。"

松原正想一个人清静，点头说："好啊。"

中午林欢回来送饭，不见小翠，询问松原。了解端的后气不打一处来，天气正炎热，头上有如冒火，松原说："算了，让她玩去吧，家里多个人我总觉得不舒服，反正也忙活了一早上，这个年龄都坐不住，你以为别人都像我这样啊。"

林欢听出话里的酸楚，怜惜地拥住松原，说："对不起，我……"

松原打断他道："好了，对不起都快成你的口头禅了，我以后不要再听这个，只要你快乐。"

林欢点点头，说："吃饭吧。"

松原："再等等她吧。"

话音刚落，敲门声响起，开门，小翠兴冲冲地进来："我逛到了车站附近，有几个人从那儿摆摊卖碟，盗版的，好便宜啊，十块钱四张。我正挑着，来了辆面包车，下来几个城管的，那几个人好像耗子见了猫，吓得全散了，当时我手里还抓着一把碟呢！大收获哇，这下可有听的了。"

见松原面无表情，林欢脸上则阴云密布，吐吐舌头，快步到厨房取餐具。

三个人一起吃午饭，林欢愁绪满怀，一个劲地抽烟，并不下箸。

松原："吃点东西吧，不然会没力气，烟也少抽，对身体不好。"

小翠好不容易找到开口的机会："是啊，我听人家说过烟对孕妇的影响最大了。"

听到这句话，林欢立刻掐灭了烟头，对松原说："以后在你面前，我再也不抽烟。"

小翠见他眼睛闪闪的，似是泪光涌动，心想：真是个怪人。

吃完饭，小翠洗过碗筷，见林欢端坐于客厅，表情严肃，心不禁扑通扑通地跳。

林欢："我看你以后还是少出去，这个时期，家里不能少人，万一出现紧急情况怎么办？如果外出，你就去买买菜，这么要求不过分吧？"

小翠心想：我出去买菜的时间难道就不能玩了吗？表面上点点头，很认真的样子。

熬到林欢上班，小翠迫不及待地要试碟，兴奋地向松原推荐刘德华、阿杜的新专辑。音乐响起，小翠吓了一跳，说："俺们村儿的大喇叭时常放这些流行歌曲，虽然响但听不清楚，这个可强多啦！"

松原望着窗外湛蓝的天空，淡淡地说："你把CD拿到客厅去听吧，但要注意音量别开太大，不然会有麻烦的。"

小翠："什么麻烦？"

松原似乎没有听到这句话，眼神中的抑郁渐渐凝聚。仿佛天空也跟着黯淡下来。

小翠始觉松原也是个怪人。她对林欢和松原的过去及身世产生了浓厚的兴趣，问题主要在松原将要分娩的肚子上，然而她又问不出口。这两个人让她感到神秘而且好奇。她知道他们是好人，尽管这只是她的直觉。

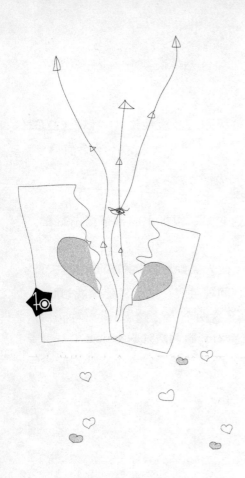

10 真正属于秋天的第一个月份，林欢和松原越来越寝食难安。松原的预产期就在月底，这意味着改写他们命运的被称为"爱情天使"的婴儿马上将要降临人世。惶恐的心情终日笼罩着林欢，终究躲不过这个半年多来为之担忧惊怕的现实，要做爸爸了？一个十八岁的少年即将担当一个父亲的角色，有时想想甚至觉得荒唐。回忆这一路走来的轨迹，如果说前几个月他还恍恍惚惚疑在做梦，那么此时他再清醒不过地感到一个巨大的包袱压在他身上，如山一样。夜不能寐，无数次祈祷天永远地黑下去，没有明天。希望挣扎在蓝色的黎明，当东方的旭日冉冉升起的时候，他知道又是新的一天到来了。

松原的心情和林欢一样，或者说更有甚之。这些日子，她感到身体里面那个幼小的生命时常不安分地活动着，似乎已等不及这一个月。喜欢婴儿的她从没有对婴儿如此地恐惧过。找不到要做母亲的兴奋的感觉。她的年纪是这样轻呵，还是一个需要母亲照顾的孩子，要照顾属于自己的孩子了？她可想都没有想过。记不清有多少个夜晚，梦里依稀婴儿的哭声把她惊醒，黑暗中摸着膨大的肚子，如火的忧心让她几近瘫软。

不！她在心里歇斯底里地呐喊。

一切早已注定，注定面对一切。

万般复杂的心情。他表现得沉默，她表现得镇定，彼此心里清楚：这时候，无论是谁先"示弱"，两个人必定一起崩溃。

只有静静等待。

这一天夜阑人静，房间的窗户没有闭上，凉风习习。林欢为松原盖好被子，借着月光他看到松原的脸色竟同白色大理石雕刻没有半点分别，心中忽然害怕起来，悠然长叹一声，轻轻抚摸着松原，小声说："真不知你这羸弱的身体能否承受分娩的痛苦，我多么担心啊。"

松原："医院检查不是每次都正常么？用不着担忧，你对我没信心啊！"

"不，不是……"林欢说到这里如鲠在喉，不可名状的难受。

松原："欢，趁着孩子还没有出世，我们给他取个名字吧！"

林欢："那你想叫他什么呢？我听你的。"

松原："我还没有想好。"

林欢沉吟了一下，说："干脆就叫林原吧，取我的林字，你的原字，他是我们共同的生命。"

松原笑了："这名字好，林原……有一种自然的意境，我喜欢。嗯，我也想到一个。"

林欢："说来听听。"

松原："他出世前，我两次梦入大海，记忆非常深刻，所以我想到一个名字——幻海。"

林欢大喜："棒啊！幻海，亦幻亦真，幽幽大海……干脆就是他的小名得了，以后他上学就叫林原，在家里我们就管他叫幻海。"

松原："那……你是喜欢男孩还是女孩？"

林欢抱住松原，吻她的秀发："我希望她是个女孩，我希望她能秉承你所有优点，典雅，纯洁，善良，美丽，高贵，有了她，我就等同于拥有了幼年时的小松原，那么对你一生的珍存，才算完整。"

松原感到有股力量在内心涌动，泪眼模糊："为什么我们想的正相反，我想拥有那个儿童时的林欢，是否也像现在这样忧郁。我想给他温暖，给他爱，让他不再孤独，享尽无忧无虑的欢乐。"

没有回答，松原知道此刻林欢也在潸然落泪。无声的哭泣是最痛苦的，他们明白，但不吝啬荡尽绵绵心痛，且让它们肆意地流淌……

半晌，林欢方道："好了，别再多想，睡吧，我们生龙凤胎。"

林欢发现小翠其实是个很不老实的人。每次买菜回来，兜里总是从找余的钱里掖个块儿八毛的，贪些小利。

------→

这引起林欢强烈的鄙视和厌恶，但也不好明言什么，毕竟现在松原身边离不开人。可有一天他发现小翠竟然同对门的胖女人凑着头嘀咕，小翠发现林欢走过来，匆匆上楼去了，剩下胖女人一个人站在那里对他横眉冷视。

林欢隐隐觉得不安，想要质问小翠，同时又懒得开口。小翠在他眼里就像一个木偶，没有交流的必要，只有沉默才是他最忠实的伙伴。

这天刚下楼被一个戴着红袖章的老太太拦住，自称这一带的居委会主任，说以前没大见过林欢，问有没有暂住证。林欢复又上楼取暂住证下来。

老太太看过暂住证，交还给林欢，说："听说你家里有个孕妇，你和她什么关系？"

林欢："您似乎管得太多了吧？"

"小伙子，话不能这么讲，你只要办了暂住证住在这里，我就有义务做调查。外来人口太多，社会安全问题可不是件小事。另外，计划外生育是国家不允许的，正规医院概不受理没有准生证孕妇的生产，"顿了一顿，干脆开门见山，"你和她办结婚证了吗？"

林欢心里一怔，不知如何回答，只想赶紧离开，轻轻"哼"了一声，说："无可奉告。"

抬腿便走，老太太也不追赶，只说："没有结婚证便不能办理准生证，属于计划外生育，这是违反国家条例的，这种事躲不了，我还会再找你的……"

林欢走得很快，心乱如麻。不曾想生个孩子还需要什么结婚证、准生证。办结婚证？这不是天方夜谭吗？下午去医院咨询了一下，果如老太太所言，"医院概不受理没有准生证孕妇的生产"，这就意味着到时候松原连寻找生产的所在地都是个问题。一时间只觉天昏地暗，烦心事堆积如山，头都要炸了。他甚至想到接生婆。天哪！此时此刻叫他去哪里找接生婆？！

晚上回到家就冲小翠发火："你同对门那胖女人说了些什么，致使居委会主任都来找我。每月给你工资，让你吃让你住不是要你来这儿传话的，俗不俗啊？"

几句话说得小翠掉泪，抽泣着不敢言语。

松原也被林欢吓了一跳，不住劝慰。

小翠损失了几颗眼泪，过了片刻，说："俺虽说是乡下人，可也不是供人骂来骂去的奴隶，俺也有自尊。俺今晚就走，免得从这儿遭罪。"说着就要收拾东西走人。

松原又去劝小翠，越说哭得越厉害，费了好大劲才勉强留住。

林欢对自己方才的粗暴颇为后悔，来不及哀叹自己的改变，拉松原进屋里，说："恐怕我们又要开始第二次逃亡了。"

松原："为什么？"

林欢便把上午的事情对松原说了，凝神苦思想了一天，他决定找个私营医院或诊所，先把孩子生下来。那居委会主任亦不会善罢甘休，此地不宜久留，只能离开。

往后几天，林欢四处打听私家医院的所在，苦于茫无头绪。一个酒店的大厨无意间提供了条信息，在城市边缘的郊区有家小医院，过去的大都是没有准生证或二次生产的孕妇，还说他嫂子偷怀第二胎就是在那儿生的。

多情的秋天总是多雨。一个细雨飘扬的傍晚，松原忽然觉得肚子有些疼起来了，此时正是预产期的前两天，她感到可能要生了，就让小翠去酒店叫林欢。

当小翠全身湿漉漉地站在林欢面前的时候，他正端着盘子往厨房走。闻听此讯，惊得竟然跌落了手中的盘子，噼里啪啦响成一片，摔了个粉碎。

这一天终于到了！

顾不得风雨，夺门而出。老板气急败坏地追出来，破口大骂："林欢，你这混账东西，以后别想再踏进酒店一步，妈的，什么玩意儿……"

急急赶回家里，松原已在床上痛了多时，本来苍白的脸上这时候更是没有丝毫血色，见了林欢，痛苦道："欢，我怕是要生了。"

林欢："我知道，亲爱的你别心急，我们这就去医院。"

小翠已把出租车叫到楼下，她和林欢费了九牛二虎之力才把松原扶下楼来，汽车开动，直奔城郊。

车上，松原紧紧靠在林欢怀里，大颗的汗珠从额上滑落，怕林欢担心，闭着口并不发出一声呻吟。

林欢不曾料到事情来得这般突然，心急火燎地只是催司机开快些。

车子驶入郊区，路况不大好，不时颠簸，疼痛加重的松原觉得小生命仿佛随时都要颠出来似的，内心充满惶恐。

好不容易找到那家医院。做过检查，医生说："办住院手续吧。今晚最迟明天就要生了。"

由于是私人医院，收款人开口就要六千元，而林欢身上只带了三千多元，无奈央求道："师傅，身上钱不够，能不能先交三千，明天取了钱我再补上。"

收款人初不答应，禁不起林欢苦苦哀求，遂让他写了欠条，嘴里嘟哝着："反正也跑不了你……"

医院条件甚差，三间大通堂的病房，住了十几位已产或待产的女人，难闻的气味熏得人喘不过气来。但于松原来讲，这一切都被一阵又一阵的疼痛冲淡了。

医生嘱咐林欢让松原多走动，莫停下来，以便于分娩时的顺畅。于是在光线黯淡的走道里，林欢架着松原遛来遛去。天破晓的时候，再次检查，医生也有点纳闷："怎么这么慢呢？看情形昨晚就该生了呀，怎么还没有动静呢？"

林欢此刻全然慌了神，心提到嗓子眼上，仿佛置身于火炉之中，全身大汗骤降，焦急万分道："医生，不会出什么事吧？"

医生："胎儿一切倒是正常，你别慌乱，这只是时间的问题，耐心受吧。"

------->>

能不慌乱？受苦的又不是你的爱人！如此熬到下午，做了第三次检查，医生说："进产房吧，马上就要生了。"

没想到在产床上死去活来地折腾了两个小时，孩子就是不下来。

这期间林欢不得入内，就于门外来回走动，烟抽了一支又一支，紧锁的眉头快要挤下血来。瘦弱的松原怎能经受如此无穷无尽的折磨？一拳击在墙上，骨头仿佛碎了，多希望此刻受苦的是自己。往事历历在目。"逃亡"以来松原几乎没有一天真正开心的日子，但为了不使林欢本来疲惫的心更加难过，只有强颜欢笑，极力遮掩自己那正在凋零的心灵之花，她的故作坚强也正是让林欢伤心欲狂的地方。

小翠也是第一次经历这种事情，一颗心惶惶难安，想劝林欢，又不敢开口。

黄昏悠然而至，不知不觉竟已过去一天，医生怕这样下去孩子将有窒息的危险，遂下了最后命令："打催生针。"

须臾，产房里忽而响起一声响亮的啼哭，林欢悬着的心猛然一松，大喜过望，叫声"松原"，就要闯进产房拥抱她，眼前倏地一黑，他触碰到的只是冰冷的地面。

小翠吓了一跳，叫来大夫，直掐林欢的人中，这才缓缓醒转，立刻跳起来冲入产房，松原安然地躺在床上，两个人立刻就抱在一起了，再不愿松开。发自心灵的泪水同时流下来，劫后重生的悲怆。

松原："欢，我以为我会痛苦而死，我以为我再见不到你，我还想和你一同去看海，去看幽深的森林。"

林欢："上天终究眷顾我们的爱，我庆幸，我祷告，我……"一阵哀情流经他的胸口，再也说不下去。

医务人员为孩子进行了简单的擦洗，包好送进来，说："恭喜你们，是个男孩，不过孩子体重只有四斤多一点，偏轻了些，以后要多注意补充营养。"

林欢接过孩子放在他和松原之间。

多小的一个小人啊，头还不及林欢的手掌大，头顶稀疏一绺头发，毛茸茸的。在他降临人世的那一刻，就毫不客气地直着喉咙，哇哇啼哭，没有牙齿的小嘴红得像团火焰，鲜艳如血。一只眼睁着，一只眼半闭着，嫩如粉团的皮肤发散着久在母体中的热气，隔了片刻，似乎哭得累了，就哑吧着小嘴，小手在空中抓挠着，似乎想要母亲。

他是幸福的呀，因为此刻父母就在身边。林欢和松原都没做声，无限怜爱地看着宝宝，一天来的焦灼煎熬早抛到九霄云外去了。记不清有多少个日夜，他们共同设想着孩子出生后的情景，但想不到真的等到这一天，他们会是这样的一句话也说不出口。林欢从前并不喜欢婴儿，他总觉得他们小得怕人，像小动物一样，但此时这小东西怎么看怎么让他喜欢。前尘如梦，在这个别人看来也许再平常不过的一天，他竟然做父亲了？喜悦中带着怅然，感慨人世无常，刹那间，他感到自己又成熟了许多。

相对于林欢，松原心中更是一种难以言表的感情。她是多么地爱着这个娇小的婴儿呵！层层母性的巨流冲击着她的大脑，震撼着她的心灵，这种爱和对林欢的爱不同，但又是同样的纯粹。看他那只微微睁开的眼睛，如此纯净，仿若一道来自大山深处的清泉，还没有揉进半点俗世的杂尘。抖颤着握住孩子软若无骨的小手，一股力量悄然涌向她的心窝，让她感到是拥有了两次生命，一次是自己出生，一次是孩子出生。眼泪无法停止了，千百次在梦中呼唤的天使，就这样在她眼前哭嚎着，她的魂灵飞上天了！

在医院住了两天，母子一切均好。出院后，林欢找了一家小旅馆先住下。松原产后虚弱，终日卧床，但她断不能睡去，眼神一刻不离幻海——这个刚刚出生的婴儿，只有看着他她才能安心。小翠也是时刻紧绷着神经，悉心照料松原和幻海，这让林欢越加愧疚前些日子对她的冷漠。

每顿饭都是大鱼大肉，鸡汤、骨头汤甚至老鳖汤，吃得松原胸口发腻，提出清淡饮食，林欢不答应，执意要她坚持一个月，补身最重要。

然而林欢每天的饭量却少的惊人。孩子出生后手头已不足一万元了，经济问题是一个长期横亘在他心中的大难题。松原母子的营养开销需要钱，小翠的工资需要钱，重新找一个住处同样需要钱，而他此时又丢了工作，唯一的经济来源也被掐断。想起这些他就焦头烂额，但只能一个人把火吞进肚里，不想松原同他一起犯愁。能省就省，现在的林欢每天只吃一顿饭——两元钱一盒的快餐。有时夜间饿得厉害，喝大量的白开水填充，松原问起，便说是抽烟抽的口腔发涩。吃饭的时候见林欢不吃，又问缘故，林欢只答自己吃过了。他的脸色越来越难看，呈一种灰白色的病态，四肢无力，脑袋发飘。秋气渐深，他却仍是那身单薄的衣裳，走在清冷的风中，随时都要倒下似的。

他走进一片工地，低声下气地央求包工头"赏"给他个活儿干，结果被当成神经病一样打发。死缠滥打了三天，甚至挨了一脚，却终于求得一个搬砖的工作。搬二十块砖给五毛钱，他就拼了命的搬，那些膀大腰圆的民工都坐下休息了，他还在搬移着冰冷沉重的砖块儿。秋天微寒的风丝丝灌进他的脖子里，往下扩散，从胸口一直到小腹，直至全身抽搐起来。或者已经忘却了自己在做什么，只是机械地抱着砖块，反复来回，像是走在梦里。民工们大声讪笑他这举动的时候，他枯枝般的双腿仿佛突然折断，一下子仰倒了，砖摔了一地。民工们停止笑声，过去把他扶起，看着这个憔悴的少年，内心忽而又都感到怜悯。他们给林欢喝了热茶，简单吃了食物，才缓缓感到些许热气，歪歪斜斜地站起来，想继续工作，民工都劝他："歇会儿吧，年轻人不要累坏了身体。"林欢怀抱着宝贝似的砖块，回头凄楚地笑了，淡淡的阳光下，他的脸仿佛贴上一层金纸。

他在私营医院的附近找到了一处住所，也是面临拆迁的房子，平房，四面通风，只有一间屋可以住人。林欢觉得四个人同居一室太不成话，到了夜晚就搬一架钢丝床，睡在厨房。被窝里一股冷气久驱不散，并且潮湿，难以入眠，偏偏又困得厉害，半梦半醒之间时常想起在家里睡在温暖而宽大的席梦思床上的情景，如今竟已成了奢望。他又笑起来了，一边笑一边哭，无声无息的。"这世界有些人一无所有，有些人却得到太多"，他却经历了从一个角色转变为另一个角色，巨大的反差使他几乎丧失了忍受苦痛的能力，他甚至怀疑此时睡在这里的已不是林欢，而是一具冰冷的尸体。

漫漫长夜，松原亦不能安睡，林欢的死气沉沉早被她看进眼里，心如刀剜。可她不敢开口问，林欢回答她的只是沉默和故作轻松的微笑，有时问得急了，林欢脸上立刻浮起一片痛苦的黑气，她就再也开不了口。

黑夜将尽，黎明不醒。

幻海长到三个月的时候，一天晚上突然咳嗽起来。开始几天断断续续的，松原担心可能是有些受凉，加了层毯子，并买了一台微型电暖箱放在床前。

几天后，未见好转，似乎又加重了许多，成夜成夜的，有时持续的咳嗽憋得小脸通红，还伴着低烧。林欢和松原无论如何坐不安稳了，心急如焚地抱着幻海赶往医院。

做过检查，医生摇了摇头，很棘手的样子。这一下把松原吓得魂飞天外，慌道："怎么样？"

医生："麻烦了。"

林欢心惊肉跳道："什么病？"

医生："百日咳。"见林欢和松原一脸愕然，又道："'百日咳'是一种小儿常见的上呼吸道感染病，病程恢复较慢，需要几个月的时间，严重时有致人窒息死亡的危险。"

松原呆了呆，觉得站不住了，头脑一阵发白，身后小翠扶住，慢慢坐下来，茫然四顾道："幻海呢？我的孩子呢？"

小翠："里屋做检查呢，我这就给你抱过来。"

林欢忧虑地望了松原一眼，看见她又要落泪了，心里一酸，对医生道："您一定要帮帮我们，您一定要帮帮我们。"

医生："这个当然，先住院观察观察吧，再定治疗方案，不过西医治这病效果都不太好，弄不好留下后遗症，我告诉你个偏方，不妨试试，不用住院，回家治就成。"

林欢和松原同时问："什么偏方？"

医生："每天让孩子喝一只鸡的胆汁，你们试试吧。"

林欢："这样……成吗？"

医生："应该没问题，你们要相信我，这个偏方也是经过'千锤百炼'的了，很多患百日咳的小孩子都是这样治好的。"

无语。幻海又被抱回了家。

当晚，幻海兀自咳嗽不断，小小的房间里愁云密布。松原守在幻海身旁，听着幻海每咳嗽一声，心仿佛跟着碎裂一点，滴出血来，忧心忡忡道："欢，是不是那医生怕治不好幻海的病，才杜撰出所谓的偏方哄我们?"

林欢："不会的，总不能拿人命开玩笑，他既然对这偏方十拿九稳，我们就要有信心。"

小翠点头说："幻海这么可爱，一脸福相，老天爷一定会保佑他的。"

松原闻言伤心稍减，遥望天河，默默为幻海祈祷。

这一夜注定在煎熬中度过。

天将亮的时候，市场里一对做鸡肉生意的夫妇早早起来宰鸡。刚切断一只鸡的喉管，蓦地发觉不远处立一灰衣少年，眼睛直勾勾地盯着他们手中断了气的鸡。

不及开口询问，少年这时候走过来，声音有些沙哑："把鸡胆给我吧，鸡胆是苦的，不能吃，没有用处，把鸡胆给我吧，求求你们了。"

林欢披星戴月地赶回家里，兴奋地取出刚要来的鸡苦胆。小翠拿出早已准备好的碗，将苦胆放在碗里，小心地刺破，绿色的带着腥味的胆汁就流了出来，再倒入小碗一些，端起来，冲林欢点点头。

松原忽然说："我害怕。"声音发颤。

林欢不语，伸手捏住正哭着的幻海的双腮，于是小嘴一张，林欢顺势把胆汁倒进去，幻海顿时苦得直打哆嗦，几乎要吐出来，哭叫的声音不觉响了。

松原心中被万箭穿刺，转过头去不忍睹视，默默同幻海一起流泪。

如此三次，一只鸡的苦胆喝完了，小翠又喂了些糖水，哭声才渐消。松原靠住林欢，饮泣道："上帝赐给我们黑色的命运，却不放过小小的幻海，如果死可以换来他的幸福平安，我愿意。"

林欢心中烦乱，安慰道："不要总是用暗冷的眼神看待生活，相信我，幻海很快就会康复的，小翠不也说过么，吉人自有天相。"

小翠倒不笨，忙接道："就是，就是，等过去这个病后，他就该会叫妈妈了。"

此后每个晓风残月的黎明，市场里总有一个孤独的身影徘徊着，步履很轻，很慢，像飘浮在晨雾中的一颗尘埃。人们不明白为什么这个陌生的少年出现以后市场里就开始起或浓或薄的雾，这忧郁的雾像是从少年身上散发出来的，让人忍不住跟着一同忧郁，然后他们看到少年走到某个鸡肉铺前，从老板手中接过刚刚宰杀的鸡之苦胆。

林欢接过苦胆，道谢，他已经失却了微笑时透出的魅力：肿大的眼袋快要代替了脸，眼睛深深陷进眼眶里，脸上各部分的线条模糊，如同没有拍摄清晰的照片，但他自己没有意识到这些可怕的变化，因为他已很久没有照过镜子了。

噩梦般的胆汁把小幻海折磨出了条件反射：只消用手摸上他的小脸，立刻嚎啕大哭。松原一天里几十次暗自计算医生说的康复日期，眼神几乎瘫痪在了幻海身上。

林欢听了一夜的哭闹，在工地上干活的时候，这些声音仍旧绕在耳畔响个不停。正试图努力驱赶，忽而感到工地上沸腾起来，定定神，见民工们都放下手里的活儿，争相朝一个方向涌去，声势浩荡。林欢看见包工头也气急败坏地跑过去了，可不见了平日的飞扬跋扈。

好不容易挤进人堆，一幕惨剧令他的毛发都直立起来：一个民工躺在血泊中，他的脑袋破了一个大洞，恍惚中似是白的、绿的脑浆流出来了。林欢看着这些在眼前变幻着的脑浆不知怎的猛然想起了鸡苦胆，胸口剧烈翻腾，伏下身狂吐不止。

死者因为没有戴安全帽，结果被高空中落下的硬物砸中脑门，当场死亡。不久医院的救护车开来，死者被布蒙上，抬上了单架。

真是飞来横祸。上一刻还好端端的人，这一刻便没了性命。林欢想人的生命诚然是太弱小了，就像一支在风中摇曳着的烛苗，随时随刻都有熄灭的可能。无论任何人，都无法把定自己的人生；无论任何人，都无法对抗生命的偶然性。

林欢开始发疯地想念幻海。抛下一切，穿梭于攘熙的闹市，推门进屋，看到幻海熟睡的脸庞，心才逐渐平静下来。

松原见林欢气喘吁吁地伏在幻海身边，说："轻一些吧，莫吵醒了他。"

林欢："怎么他不嚎哭了呢？"

松原："刚刚还闹来着，这会儿可能是累了，他睡时的模样真可爱呵，和你一样。你怎么这时候回来了？"

林欢："忽然很想你们，就跑回来了，真的一刻不愿离开你们身边。"

松原："你总是爱任性，万一人家再炒你鱿鱼怎么办呀？"

林欢："他现在忙得不可开交，才没工夫注意我。"

松原想问出什么事了，林欢把手放在她唇边，摇摇头。等她闭了口，双手环绕于她的腰间，拥进怀里，阖上眼睛，深深珍惜此刻所有的拥有。

医生果然所言非虚。三个星期后，坚持每日服饮鸡苦胆的幻海病情明显好转，欢欣重新挂在了这对饱受磨难的恋人脸上。不到两个月，幻海奇迹般地痊愈，林欢和松原欣喜若狂，到医院向医生致谢。

病愈后的幻海茁壮成长，脸上的肉多起来了，罩着一抹淡淡的红晕。还有松原，生育后的她，气力像是被掏空似的，更加之幻海这一场病所带来的忧劳，白皙的脸庞蜡黄蜡黄的，看了叫人心疼，幸而幻海的病有惊无险，再加上林欢、小翠不辞辛苦地体贴和照顾，气色已较前好了很多。林欢和松原总是争着抱搂这襁褓中的婴儿，林欢常常把手放到幻海胳肢窝里抓搔一番，这样幻海就会咧开嘴甜甜地笑个不停，要多可爱有多可爱。林欢又教幻海叫爸爸，幻海瞪着小眼，张着小嘴对着父亲，松原便笑着说孩子还太小。一天里最快乐的时光，就是林欢和松原依偎在一起逗幻海玩的时候，这个时候，所有烦恼和焦虑统统暂时忘却，剩下的只有一家三口喜乐的情景。

松原没有半点做母亲的经验，面对幻海的无端哭闹和随时出现的大小便总是显得不知所措，倒是小翠因生在农村，见过妇女带孩子，在这种事上颇有经验。不过，这个小生命的诞生还是给原本死气沉沉的家注入了许多新鲜的活力，笑声时常从陋室中传出，这种过早的天伦之乐，欢喜与悲伤参半。终归是青春年少，一些童话仍在编织，一些幻梦仍在继续。

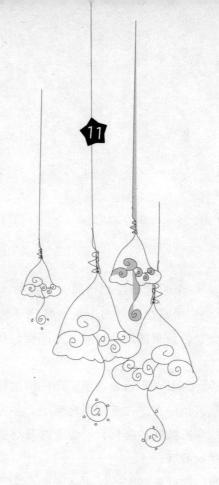

11 一个阳光灿烂的早晨，适逢林欢休息，久不出门的松原提出外出走走，她已经憋得太久了。林欢正有此意，当下把幻海留给小翠照看，如笼中鸟般放飞出去。

活泼的阳光照耀着这座干净的海滨城市。呼吸着澄明的空气，再一次走在宽阔的马路上，与过往的行人擦肩而过，松原有些恍如隔世，心里无端升起害怕的情愫，紧紧靠在林欢身旁。

他们步行来到海边。当清晰的浪潮声传入耳中，林欢发现松原顿时神采奕奕起来，脸上闪着因兴奋和紧张而泛红的光泽。紧张？或者是那两次梦之大海带给她心灵上的余悸。不过眼下的大海可没有梦里的阴森凄厉，海面总体来说是平静的，很含蓄，这竟使松原隐隐有些失望。来玩耍的人挺多，喧闹之声不亚于潮起，在沙滩上迎海站了一会儿，松原说："走吧。"

林欢："不多呆会儿吗？"

松原："白天的大海，是属于欢乐的人的，只有夜晚的大海，才属于忧郁的人。眼前的海，不属于我们。"

林欢："难道此刻你不开心？海也不能洗刷你的忧郁？"

松原："这不一样，如果大海也变得不懂忧患的肤浅，那还有什么意义？"

林欢了然，点点头。

动物园。这里游人倒是不多，难得的清静。这世界上爱动物的人有很多，但动物园永远不能满足人们观察动物的欲望，那些困在笼子里失去野性的飞禽走兽，这时候大都懒懒地腻在人工的窝里，度着残生。雄鹰像鸡一样猥琐，老虎像猫一样温顺，狼像狗一样乖巧，它们的魅力早已被无情地剥夺，松原看得心疼、心酸，感从心生："欢，你不觉得我们现在就像这些动物吗？被俗世挟持如斯，挣扎亦无力，反抗亦无用，我们掰不过现实之手，只能这样的苟延残喘，我们渴望被放生，渴望回归，可惜没有路径。"

林欢默然。

往南一直走，是一座小山，山上灌木丛生，虽值冬季，仍是惹眼的一片绿。行了没多久，便来到山腰，清幽寂静，风来如缕。林欢围着一棵大树转了一圈，说："这里怕是听不到松涛鸣响了。"

松原："好歹可以嗅到泥土芬芳，窸窸窣窣的落叶声也是一种极致，静静感受吧，连这样的机会也并不多。"似舞非舞地在草丛中蹦跳了一会儿，忽而叹一口气，说："我心里终是记挂着幻海，在这种环境下也觉得累呢。"

- - - - - - - ->

林欢："既然出来了就放开了玩，幻海有小翠看着呢，还能出什么事，放心吧。"

松原："你说的我明白，但终是不能安心。"见林欢撇撇嘴，问："你在想什么？"

林欢："没有。"

松原："骗人，我知道你在嫉妒幻海，"忽而换了温柔的语调，"欢，你和幻海都是我生命中最重要的人，我爱你们胜过爱我自己，一个是挚爱的恋人，一个是珍爱的骨肉，缺了任何一个我的生命都将不复存在。我相信你也如我一样爱惜着幻海，那我们就一起珍惜他吧，想想我们一路来的不易。"

林欢感动地点点头："说到我们最初的相识，那时的世界只有我们两个人，过得多么轻松自在，这小东西来得太早了，他分明是'第三者'啊。"

伴着甜美的回忆，不约而同地笑了几声，松原说："你还说呢，当初你深沉的让人不敢接近，我总疑你对我有什么误会，你的性子让我又爱又'恨'，呵呵。"

林欢："我倒觉得你的心幽幽弯弯，像是薄雾蒙蒙的烟花江。自卑险些使我错过了你，虽然携手走到现在，尝到了一般恋人根本无法想象的艰难，可我仍不后悔认识你，如果上天给我一次重新选择的机会，我的选择依旧是这样，不，我会选择在你很小的时候就与你相识。"

松原："我也是。"见林欢的表情变得忧郁，摇摇头，说，"现在大伙儿应该都已是高三的学生了吧？"

林欢闭上眼睛："是啊，还有半年多就要考大学了。"

长时间的沉默。

松原蓦地大叫一声，从草丛里跳出来，躲到林欢身后。

林欢愕然道："怎么了？"

松原颤声道："有虫子……"见林欢呵呵笑起来，莫名其妙，说："你笑什么！"

林欢："你爱这风景的优美，觉得在这样原始的空气中，有太多大煞风景的虫子，甚至因为它们惹得你尖叫起来。殊不知，大煞风景的也许不是虫子，而是我们自己，是我们不和谐的声音的介入，惊扰了他们徐徐而行悠然自得与自然相融的生长姿态。"

松原悟然，不好意思地吐吐舌头，想想，说："是啊，我本不该强求什么，自然的相互协调原本是一种美，立足自然，即便渺小，仍要顺天道而行，学会与周围的环境相融。只有与环境和谐，才会使我们得到它的映衬而彰显细微之处的美好，我也将使我的周边更加绽放美丽。"

林欢拥住松原，笑道："你总是这样令我震撼和惊喜。"

不觉日头偏斜，霞光满天，到了归去的时候。下山，虽然留恋，但没有不舍。路经一家游乐场，都是哄小孩子的玩意了，可松原的目光却分明落在一处设施上面。

旋转木马。

此刻一个人没有，连小孩子也懒得光顾这年代久远的游戏方式了。林欢见松原看得出神，说："要玩么？"

松原目不转睛地盯着木马，怅然道："小的时候，我有木马情结，做梦也会骑着木马摇。但那时家里条件不好，父母极少带我来游乐场玩，而我，竟然一次没有骑过木马。不，在梦中它总是与我相伴的，年幼的心灵并没有多少奢求。"

林欢心里酸酸的，不假思索地向旁边卖票的老公公买了一张票。松原凝视着林欢的眼睛，喜道："真的要玩吗？"

林欢："票都买来了，你去玩吧，我在这儿看着。"

松原就走过去，坐在一头木马上，回眸冲林欢一笑。

老公公拉动开关，音乐响起，是那首《铃儿响叮当》，成群的木马缓缓转动，一起一伏。

松原坐在木马上面，也随着音乐一起一伏，大把大把的笑容挂在她脸上，林欢觉得松原从没有如此刻这般开心过。

在他看来，这笑容中也透着一种凄美。

转了一圈又一圈，仿佛没有止歇。

转啊转啊，转啊转啊……林欢的心被刺痛了，在松原转到另一边暂时看不到他的时候，滚滚的泪水悄然从脸上坠落，似乎马上就要失去松原，沉沉暮色中，他的眼泪散着凉意。

转过来的松原忽然发现林欢哭了，着了慌，不知道因为什么缘故，无奈音乐没有终止，无法下来。

老公公好像低头睡着了，任由木马驮着松原无限地旋转。

林欢迅速擦干眼泪，心里暗暗对松原说："松原，你等着吧，就算路再怎么坎坷、艰难，我会忍耐，我会正视，我要让你幸福、快乐，我要让你成为这世界上最幸福的女子，永远地……就算豁出了我的生命！"

爆竹声声，新年将至。

小翠想结了这半年的工资，回家过年，大年初四再回来。林欢心里颇不情愿，家里这时候少不得人，可他开不了口，毕竟人家也有父母，有什么理由不让别人一家团聚呢？不过这样一来，他在工地上辛辛苦苦赚来的工钱势必全部抵作小翠的工资，囊中羞涩的他怕连过年的钱也掏不出多少了。

这个年，注定过得凄静冷清。

外面的炮仗接连不断地爆破着，各家各户张灯结彩，嬉笑满堂，唯独林欢家毫无生气，如一处荒宅。有一次小翠买菜回来看到附近老人聊天竟然手指林欢家的房顶说"森森然有鬼气"。

在这样一个气象抖擞的日子里，林欢分外想念父母。离家一年有余，从不曾联系过，他拿不出勇气掏出伤痕累累的心。他想告诉父母，原来他错了，低估了这个现实的世界，终于明白活着是如此不易，不得不戴上面具，变成另一个人；他想告诉父母，和现实比起来，那超然世外的思想好像浮在空中，如同一朵浮云，也许境界本就是一种浮在空中的高贵吧，他感知不到真实的力量；所以他想告诉父母，他的精神支柱是崩塌了，压死了过去的林欢。

人，活着总会学得务实。

松原对父母的亲情更是化作了丝丝缕缕的牵挂，无法想象此时家中的光景，女儿突然无故人间蒸发，家里人还不发了疯？母亲身体又不好……思绪走到这里便不敢继续，好几次拿起手机，忍不住要拨通家里的电话，但即刻又放下，心怦怦跳动，深恶痛绝当初的自私。

水深火热，进退两难。

这天深宵，幻海忽而又咳嗽起来，梦中的松原闻声霍然惊醒，不觉一身是汗，脑里闪念：莫非是百日咳？随即否定，百日咳这种病患过一次就永不复发，也许只是偶然的咳嗽吧。这样想着，屏息聆听，咳嗽一声接一声，呼吸粗重，如若缺氧，松原愈听愈是心惊，立刻于床上坐起来，厨房中的林欢也在关心屋里的动静，见灯亮了，披衣进去。

松原摸摸幻海的脸蛋，失声叫道："天！他的脸这么烫，他发烧了！"

林欢吃了一惊，走过去看，见幻海双眼紧闭，张着小嘴，不时还要咳嗽几声，脸憋得通红，急道："不成，赶紧去医院！"

夜，黑如泼墨，冷如冰仓。一阵阵凛冽的冷风吹起马路上的泥沙。不见一个人影。道旁枯瘦的树枝影影绰绰地舞着。林欢怀抱着层层包裹的幻海，同松原、小翠疾行于这片黑雾之中，形如鬼魅。

医院里静悄悄的，漆黑一片，只有传达室门口放着幽幽的光。

用力敲门，许久，一个老头披衣出来，睁着睡眼没好气道："谁呀？大半夜的还让不让人睡觉？"

林欢："医院里怎么一个人也没有？"

老头："都回家休息了，还有几天就过年了，谁还摽在这里。"

林欢怒火中烧，说："医院连个医生也没有，还叫什么医院？还怎么救死扶伤？"

老头"嘿嘿"笑了一声，说："这里本来也不是什么正规医院，谁让你这时候生病呢？"言下之意竟是责怪幻海病的不是时候。

松原觉得幻海的额头越来越烫，"炙手可热"，急得连连顿足，说："要不去大医院吧？"

林欢："正规医院离这里很远，此刻黑灯瞎火的，却上哪里打车去？"

老头："得了，您几位别急，我这儿有医生的电话，马上帮你们联系。"

电话打通了，那医生深更半夜被叫起来，怨声连连，骂了几句，扣下电话。没办法，又找到一位，也是极不情愿，老头见林欢和松原急得火烧眉毛，好说歹说，那医生才勉强答应过来。

- - - - - - - ➤

　　苦等了足有半个小时，医生才骑着辆二八破自行车慢悠悠地过来，林欢恨不得冲过去打他几个耳光。

　　取下温度计，幻海发烧将近四十摄氏度，医生为他做了全面检查，说："病得不轻，是急性肺炎，现在急需输液，住院吧。"

　　松原惊恐万状，嘴张得老大，自言自语道："怎么是肺炎呢？怎么会是肺炎呢，我照顾得如此细心，怎么会染上肺炎呢？"

　　林欢："医生，这病治好下来大约要花多少钱？"

　　医生："不好说，这得看孩子的康复时间，先准备几千元吧。"

　　松原凝视着浑噩中的幻海，肝肠寸断，泪水纵横，伤心欲绝道："幻海，幻海，你是这样可怜，打从你出生以后就病痛不断。妈妈对不起你，连自己也照应不了，怎么能让你幸福？是因为妈妈才让你背上这灾难的命运，妈妈对不起你……"

　　天一亮，林欢让小翠陪同自己去银行取钱，然后回家取几件衣服，这几天怕要在医院度过了。松原在病房守着幻海。卡里剩余的五千余元全部取出来，小翠看着一沓钱被林欢装进信封，放入包里，犹豫了一下，轻轻说道："俺的工钱……"

　　林欢本来是沉默的，这当儿突然火山爆发，不等说完，劈头盖脸呵斥道："幻海都病成这样了，你还跟我提钱！你怎么这样功利，你以为我不想给你发工资么？好的，算我不对，钱我以后一定会给你，但现在……你知道的，就算可怜可怜我们，行不行？"说完头也不回，一个人径自走了。

小翠哭哭啼啼地跟着林欢进了家门，放下包，林欢开始翻箱倒柜地找用来御寒的衣服。小翠站在旁边哭了一忽儿，见林欢不理睬自己，抽泣道："你欺负俺，还以为你是好人，俺一家现在都等着俺回去过年呢……"

心烦意乱，一阵恶气在胸口冲激回荡，无法平息，让林欢起了一种想毁灭一切的欲望，猛地站起身，眼中锋芒大盛，伸手抓起桌上的玻璃水杯摔了个粉碎。

小翠一个激灵，心惊胆战，哭也忘了哭，话也说不下去。

手机这时候响起来，是医院打来的，说松原在医院昏倒了。火上浇油，林欢顶着沸锅一样的脑袋夺门而出。

松原在眼睛发黑的一刹那分明听见一声轻笑，冷冷的甚是刺耳，然后就好像跌入一个无穷无尽的黑暗漩涡，轻飘飘有如御风。她知道自己倒下了，身边护士的惊呼声乱糟糟的，意识十分清醒，但睁不开眼睛。一个声音蓦地在耳边响起："我等着你回来，我等着你回来。"

松原胆寒道："是谁？"

那声音很柔、很轻，只是自顾自道："化身为海……化身为海……"

松原于是懂了，不再挣扎，等待着黑夜一般的魔手将

------→

她撕碎。

林欢进入医院大门的时候，忽然听到门诊楼里传出一声痛苦的惨叫，愕然止步，定了定神，又像是幻觉。

松原被抬到另一张病床上，和幻海相对。沉沉浮浮不知过了多久，不知哪里涌来一股力量冲开了她的双眼，视线缓缓清晰，转过头，见林欢坐在一旁，问："幻海怎么样?"

林欢指指那边的幻海，说："打了一夜吊瓶，烧退去不少，但还是咳嗽。"

松原望了幻海一眼，长长喘出一口气，静默着，两人都没有说话。

医生走到林欢身后，拍拍他肩膀。

林欢回头。

医生："孩子需要继续输液，你昨晚交的钱不够，去收费处接着办手续吧。"

林欢"哦"了一声，忽而一拍大腿，脑子轰地炸开了，刚才来的匆忙，包忘在了家里，而他走的时候，小翠还留在家! ……言念至此，人整个都跳起来，不及向松原解释，冲出门去。

清冷的街上，人们看到一个少年发疯似的奔跑。

家里，包赫然被丢弃在地上，拉锁已经拉开。林欢颤抖着把手伸进去，暗暗祈祷：希望她取走的只是那一千元工资……包里空空如也，五千元分文不见踪影!

一滴汗从额上滑落，肝胆俱裂。怔了片刻，犹抱着半分希望在家里检查了一圈，所有关于小翠的东西都不见了，带着那笔林欢和松原最后的存款逃之夭夭。而林欢从没有询问过小翠家住何处。这个看似纯朴的乡下姑娘关键时刻竟会如此心狠，这是林欢始料未及的。一把刀插进心脏，不停绞动，他是欲哭无泪，来回的奔波让他双腿酸麻不已，一跤坐倒，感觉天似乎塌了下来。受骗，此刻他的感觉只有受骗，除了松原，整个世界都在骗他，玩弄着他，就像是一颗棋子，命运茫不可知，对于这场放逐，他已然筋疲力尽，他要解脱。

失魂落魄地赶回医院，向松原诉说此事，亦是惊的半天回不过神来。医生听说他们拿不出钱，气焰顿时涨了三分，拒绝继续治疗。林欢和松原一起苦苦哀求，保证日后一准还钱，总是不答应，态度比屋外的寒风还要冰冷。不得已，一家三口只得先行回家。

这条路对林欢来说太熟悉了，短短一个上午便往返数次，心酸地低头去吻幻海的小脸。突然，他发现幻海阖着的眼睛睁开了一下，向他投来一道怨毒的冷光。虽然只是一瞬之间的事，他连忙惊讶地交给松原，说："这孩子刚才瞪了我一眼！"

松原看看幻海，说："没有啊，一直睡得好好的嘛。"

林欢摇摇头，说："不，我明明看到他瞪我，他是在恨我，恨我带给他如此的命运，他哪里是什么爱情天使，他根本就是一个魔鬼！"

松原蓦地站住，看着林欢：“欢，你变了，你真的变了。”

林欢没有勇气迎着松原伤心的眼睛，心里一酸，说：“松原，我们投降吧，这一次真的是走投无路，钱没有了，谁也不会可怜我们，我们实则和幻海一样，无力拯救自己的命运，从来都只有逃避。可是，逃不掉啊！”

松原沉痛地闭上眼睛，像在回味什么，说：“无论你变成什么样，我的记忆中永远是那个孤独深沉的林欢，那个与众不同的林欢，那个桀骜不驯的林欢。”

林欢低下头，乞求得到忏悔的救赎，或者天外吹来一阵寒气，将他和松原变成两块晶莹剔透的水晶石，站在这里不言不语，一万年深情对望，也胜过这蝼蚁般的活着。

无话可说。

在家安顿好松原和幻海，把家中唯一值钱的CD播放机塞进包里，又一次走出家门。

绝境中的希望是对奇迹的呼唤。

公交车上只有林欢一个人，天空是一片黯淡的灰白色，干冷干冷的。于一处花坛边下车，曲曲折折走进一条小路，找到了他第一个工作的那家杂志社，想寻求胡总编的帮助。

林欢记得这一带树木繁茂，眼下却全部褪尽了叶子，张牙舞爪地向那座淡紫色的小楼挑衅。

这个不速之客木然地立于寒风之中，满心悲哀。大门上了锁，小楼此时空无一人。他的叹息声随空中旋转的枯叶一同飘落。

　　街上的商店门面大都关闭了，举目望去，一派萧索之意。好不容易在一处陌巷里发现一家小型家电专卖站，裹着一身冷气进屋，店主正在午饭。林欢道："老板，你们这里回收旧家电吗？"说完这一句，嘴疼得厉害，风已将他的双唇撕裂。

　　店主嘴里嚼着饭菜，含糊不清道："你想卖什么？"

　　林欢："一台CD播放机，索尼的，音质特棒。"

　　店主搁下筷子，站起来，用手抹抹嘴，说："拿出来瞅瞅。"

　　林欢掏出交给店主，见他用沾满油腻的手反复端详把玩，最后说："货倒是好货，你想卖多少钱？"

　　林欢："这台机子我是两千元买来的，如今一千元脱手吧。"

　　店主戏谑地笑起来，把机子交还给林欢："一千元？你可真会开玩笑，类似这种二手的机器五百元回收已是高价，你却开口要一千元，嘿嘿，一千元足以买台新机器了。"

　　林欢："但我这台是高价购买的原装进口货，又没用多长时间，你看，光泽鲜亮，九成新呢。"

　　店主摆摆手，很不耐烦地说："我晓得，可我收购过来就是二手产品，买二手货的全是兜里不宽裕的阶级，有钱谁不想买台新的。"

　　林欢无可奈何道："那你出个价。"

- - - - - - - ➤

店主："一口价，五百。"

林欢："能再加点吗，这机器质量没的说。"

店主仰天打个哈哈，说："我不跟你讲价，五百元已经很多了，换别的店怕只肯出个三四百元，不信你可以去问问。"

林欢只得轻叹一口气，说："五百就五百吧。"

店主点了五张百元人民币交给林欢，颇不情愿道："碰上我你算幸运了，一台旧机器换了五百元，我那些同行听说后还不得笑话我。"

林欢眼睁睁地看着店主把那台同他朝夕相伴的CD播放机放进柜里，心里难受得很，默默告一声别，逃也似的离去。

五百元是远远不够的，愁肠百结地彷徨。任凭绞尽脑汁，包里的钱也不会增加一分一毫。朔风吹得林欢接连打了两个冷噤，皮肤快要裂开，头缩进衣领里，手差不多麻木了，尚且警惕地抓着提包，抓紧。意识渐渐恍惚，对着街上稀少的路人，脑子里尽是些漫无边际的痴想。

行色匆匆的陌生人！何以走的这般慌急？是否为了快些融入温馨的家庭，享受新年带来的欢喜？那么，朋友，可否暂放下手中欲碰的酒杯，听我诉说一段过往的经历？我的心情，我的遭遇，我捧出所有的真诚说给你听，愿你听后，心里充满怜悯，为我慷慨解囊，救我出这绝望的境地！如果你也真诚如我，那么此刻，我只有用泪水报答，我只有用感激歌颂。不要告诉我这一切是虚幻，当你们默然从我身边擦过，这般匆匆！

摇着头，喃喃自语，像一头困兽。萧瑟的风在他脸上吹起一痕古怪的笑容，举步维艰，人们像躲避瘟疫一样躲避着他。

马不停蹄地不知走了多少路，天色越来越暗，几颗微亮的星隐隐然浮在空中，猛抬头，竟不觉来到他曾经打工的海鲜酒楼。

迟疑了一下，进去，一阵春天般的温暖气息将他围拢，寒冷暂且退去，饥饿随之而来。

老板见是林欢，气势汹汹地走过来。

"是你……"上下打量着失魂落魄的林欢，皮笑肉不笑道："干什么来了，这几个月在哪儿发财呢？"

林欢的腰不自觉弯了一下，歉疚地笑笑，所有悲伤在他脸上暴露无遗，为了获得他人的怜悯，把命押在这里也无妨。

切骨的痛楚也变得虚假了么？

见林欢要开口说话，老板先他一步："你最好别开口，那天你摔了我七个盘子，现在我也不跟你计较，今天你来如果是为了还想留在店里继续打工，趁早死了心，我说你怎么还有脸过来？"

林欢的眼里散出一丝烟水般的寒气，似乎结了层冰霜，摇摇头，迎着酒店员工齐刷刷的目光，惨笑着说："老板，我真的很难，能不能再给一次机会……"

老板一挥手，斩钉截铁道："甭在这里装可怜，你瞧瞧外面，你走出去瞧一瞧，那些坐在天桥下面向路人伸着手的，你去和他们比比谁更可怜。"

有员工发出笑声。

林欢双脚像是钉在地上，眼睛里那团寒气越积越重，一种类似于动物发怒前的低吼在心中响起。

须臾，老板见林欢仍是伫立不动，暗暗来气，上前推搡着他，说："出去，出去，这里是花钱吃饭的地方，不是你的避难所。"

林欢被推到门边，觉得受不住了，屈辱之火烧得他脑袋晕晕乎乎的，长久紧绷的神经如开闸后的水渠，一发而不可收。仇视地回击扫来的每一个冷漠的眼神，绕过老板，找个位置坐下来，说："好的，好的，我就在这里吃饭，就在这里消费，我是你们的客人，总不会有赶客人走的规矩吧？"

老板"哼"了一声，说："你还……"

林欢极力克制不让眼泪流下来，从包里掏出那五百元，用力拍在桌上，冷着牙说："那么，上菜吧！还有酒，白酒。"

既然拿出钱来，老板不好再说什么，退到一边斜眼观察。

酒上了一瓶。什么也不想，仰起头，一口气吞下半斤，犹如吞下一把刀子，火辣辣地撩割着寒灰般的心。生命不能承受之重，终于明白为什么有些人会被逼到发疯。无数的音符在林欢心中跳动，连结成一首哀悼的闭幕曲，这就是结局，从不敢过多想象的结局。点点滴滴的往事碎片，虽然模糊却可认清那一道毁灭的轨迹，于是扑簌簌的眼泪成了献给悼曲的掌声。一斤白酒喝下去，期盼的醉意终于征服了意识，空间变得朦胧，休再理会还有多少万千矛盾，且饮尽这一杯。

酒店里的人们都听到了林欢带着哭腔的笑声，相顾愕然。老板发觉情况不妙，叫服务生过去夺了林欢的酒杯。

林欢依稀看到酒被夺走，颤抖着伸出手，上气不接下气道："别动我的酒……别动……"什么也抓不到，人却滚到地下。

几个服务生忙把他扶起来，不敢撒手，怕林欢左右歪倒。

林欢睁着猩红的醉眼，隐约见老板走近来，扯着嗓子叫道："你又来讥笑我么？你又来对比我和街上那些乞丐么？"

老板脸上一阵红一阵青，把桌上的五百块钱放回林欢包里，说："你醉了，到那边沙发上歇一歇，酒菜钱我也不问你要了，我是怕了你，生意都让你给我搅了。"

林欢颤巍巍地扶墙起立，说："你们合伙欺负我，你们合伙欺负我，我就是死了也不在这里！"

跌跌撞撞地走到门口，老板说："外面太冷了，你这情形还认得回家的路？醒了酒再说吧。"

林欢一只脚已踏出了门外，自言自语道："惺惺作态什么！我知道你们盼着我早点滚蛋，我知道。"

------->

天寒地冻。深黑的夜幕上，斜倚一弯碧月，幽幽地放着寒光，如同忽闪的鬼火。暗云时聚时散，肃杀的冷风极富穿透力，它们吹进了林欢的四肢百骸，几乎没有一丝热气。头晕目眩着，双脚不听使唤，东倒西歪。

迎面走来四个吊儿郎当的青年。一个青年见到失魂落魄的林欢，大声吼道："咦！这不是那小子么？"

真是冤家路窄，林欢又一次和那晚劫他钱的四个青年意外邂逅了。他们颇为老练地把林欢围在中间，你打一拳我踢一脚，口里吐着不堪入耳的骂语。

此时的林欢已不认得眼前的"仇人"，只是喃喃地自语："你们看不起我，你们杀了我吧！"

由于地处市中心，路人很多，四个青年行为不敢过分放肆，推搡踢打了几下，就散开了。

马路上时有过往的车辆，发动机的轰响让林欢想起澎湃的海潮，风压得他无法站立，对着一辆迎面驶来的汽车，于车灯晃眼的一瞬无声倒下了。

骤然一声尖厉刺耳的紧急刹车，汽车在林欢身前两米处停下。变起俄顷的惊险让林欢四周围了一个大圈，议论声声，堵塞了交通。

林欢躺在地上，头脑好似浸在水中，一片空冥。"松原……"天空仿佛出现了松原那张芙蓉秀脸，嘴角含蕴着浅浅的笑……

不久，一辆警车上走下来三个警察，疏散开人群，架起烂泥一般的林欢。

林欢还没上车就吐起来了，苦苦涩涩的，是刚才灌下的酒。司机低声抱怨着，嫌林欢弄脏了他的车。

　　警车开走了。

　　他被关在了一间小屋子里，只有一架铁床，四顾萧然。一个女警员给他喝了一碗醒酒汤，离开了。

　　枕头像石头一样硬冷。吐出了大量的酒，又喝过醒酒汤，混乱的思维渐渐集中。没有人陪在身边，无所依靠的孤冷，在这醉过酒的夜晚，瑟瑟发抖。

　　不知过了多久，被人带到一个光线很暗的房间，坐下，正对着三名警察。

　　胆怯。

　　"叫什么名字？"

　　"林欢。"

　　"有身份证吗？"

　　"在我的包里。"

　　包交在他手上，取出身份证。

　　"你不是本地人？来Q市做什么？"

　　一阵沉默。心不觉狂跳起来。

　　"说，到Q市做什么来了？"一声严厉的斥问。

　　林欢打个激灵，低下头，闭上眼睛。

　　他说了。他全说了，父亲的名字、母亲的名字，一年来和松原离家在外，甚至他们就读的学校……

　　他是哭着说的。

眼看着夜色沉沉，林欢还不回来，松原等得心焦。断断续续的幻海的咳嗽声愈让她心烦意乱，如坐针毡。时近深夜，她拨通了林欢的手机，无人接听。不会出什么事吧？松原忧心忡忡地想。

过了片刻，再打，这次通了，心石落地，欣喜若狂。电话那头传来林欢低沉沙哑的声音："松原，原谅我，死尸般的身躯丧失了生存的力量，我们无路可走了，松原，对不起，结束这场噩梦吧，迷失的孩子需要回家。现在我的家人正在赶来的路上，松原……"

话筒悄然于手中滑落，朦胧的街灯照着她苍白的脸。回到家里，幻海睡着了，衣服也不脱，静静躺下，紧紧靠住幻海，宁愿什么也不想，不想。

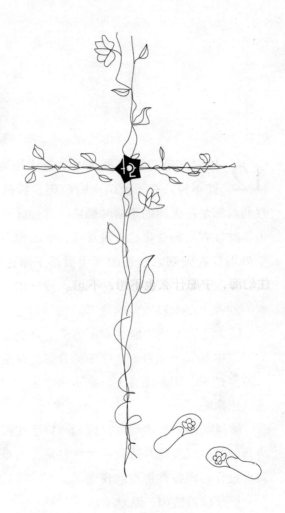

12 松原知道自己会再次走上这片沙滩，就像宿命，逃不掉。有了前两次的经历，她已具备足够的勇气面对那茫茫无尽的黑暗和恐怖。然而此刻她眼前景象发生了难以置信的变化：柔风淡荡，吹不起一丝波澜，海面平静得像在安眠。这夜的天空很是干净，寻不到一朵暗云，星汉灿灿，簇拥着一轮明月，投下水一样的清光，软软的沙滩上浮着轻纱似的薄雾。

巨大的反差让松原感到不适应，环视左右，只觉周围的雾气中都似乎立着一个纤细的身影。幽幽的目光从四面八方穿过来，印在她身上。忍不住说道："我知道你在附近，出来吧。"

清风吹动着她的细发，宛如一只手在抚弄。那熟悉的声音此时轻轻在她耳边说："来易来，去难去，可我不曾强求过你，现在你愿意同我走了么？"

松原疾首蹙额，默默不语。

"声音"："痛苦已逾极限，这样的你还不求解脱吗？跟我走吧，化身为海。"

松原："大海是我灵魂的终点。倘若我孑然一身，那么我会毫不犹豫地投身以大海，化作一滴海水。可是，心有所牵，便不能如此自私，尤其当幻海出生以后，我觉得人生于我眼中又一点点有意义起来，吃苦不是为自己，为了林欢和幻海。"

"声音"："走到今天这一步，你仍是悟不透么？所有的痛苦，所有的狂乱，所有的飘泊，全系情之所生。过多的在乎和不舍让你在这世界上受尽磨难，若想超脱，唯有放下所有似重实轻的束缚，记住，你是海的女儿，你总要回归大海。"

松原："也许你所言是对的。一路走来，竟已到了悬崖边上，欢终究是熬不住了，可这怎么能怪他呢？苦果还是我们自己种下的，其实，我早该想到会有这么一天。"

"声音"叹了口气，说："冥冥中注定这是一场悲剧，我时时刻刻感受着你的锥心刺骨，所以日夜在你心里嘶号，莫再犹豫，看着眼前那片大海，你会发现只有他永远不变。"

松原的眼神定格在墨绿色的海面上，无论是激烈抑或安静，对她都是一种深深的吸引。在这个时候，不可思议的一幕发生了：静静的海面上突然涌现出了成百上千个松原，排着整齐的队伍，淡淡月光下直直飘过来，是的，飘，因为她们的腿未曾弯曲，而是经风推送，白净的脸颊木无表情，让人见了心里发冷，她们的口中，同时不停地重复着一句话："来吧，来吧，化身为海……"

只有鬼魂行走才是飘移的。松原大惊失色，不自禁后退两步。忽的狂风大作，激起漫漫沙粒，赶忙伸手护眼，而她把手放下的当儿，风平浪静，溶溶月色消失了，取而代之的是汹涌的浪潮，咆哮的龙卷风，乱飞的流云，天地间恢复了浓浓的黑暗。

林欢出现了。同样一张被生活摧残的消瘦的脸。在这恶劣的环境下，怀抱着幻海，从松原面前直趋而过，一步步走向大海。松原想唤林欢的名字，耳畔那"声音"这时又响起："走吧，走吧，他们都已朝着大海的方向而去，你还有什么迟疑的呢？走吧，走吧，化身为海。"

松原点点头，望着已经步入海中的林欢，似乎心安了，她的脸上最后一次绽放出笑容。一种迷人的病态的美。

深夜里，一对来海边放烟火的情侣看到了远处一个长发飘飘的白衣女子梦游似的从观览台的石阶上走下去，直奔大海。他们惊呆了，高声呼喊，然而喊声被呼啸的海风吞没。

梦一样的身影执著地走进大海。

一个的的确确的梦游者。

海水刺骨般寒冷。那一刻，松原心底有一个声音笑起来了。

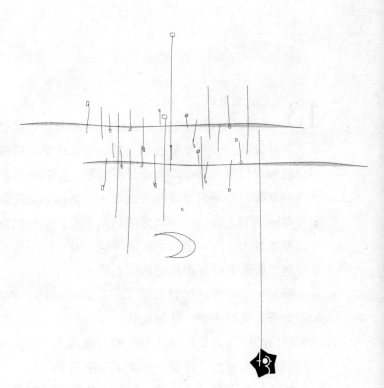

13 天渐渐发白了……

当清晨的第一缕阳光从窗外洒进来，林欢忽然醒了。四肢发凉。一宵乱梦纷纭，梦影难以追忆。只依稀记得自己抱着幻海在黑夜的海边寻觅松原，劲霸的海风掌控了他的双脚，情不自禁地向大海走去，汹涌的浪潮张着想要吞噬一切的大口……幽怖之情遍及全身，记得松原曾说自己两次梦入大海，情形当和他所梦无异，这一刻方才完全理解了松原梦中那孤冷无依的心情。

隔了一个夜晚，仿佛分别了一个世纪，热切的想念，如火如荼，坐卧不安。他要她！

敲门的声音，是昨晚那个给他喝醒酒汤的女警官，站在门口对林欢说："林欢，你家人来接你了。"

林欢不知道自己是怀着一种什么样的心情跟着女警官走出了房间。他走到派出所的一处空地上，见一辆白色面包车停着，这时他看见他的妈妈、爷爷、奶奶、姥姥、姥爷、大姨、小叔一股脑从车里拥出来，哭声震天。他被妈妈紧紧搂在怀里，感到她大颗大颗的泪珠落在肩上。他脸上的风尘和枯瘦的身子扯碎了家人的心，重重地把他围裹着，不知如何传递所有的温暖和疼爱。

这是林欢日思夜想的场面。在这样的一天，真正面对挚爱他的亲人，心思却忽而恍惚了，神经像是注入了麻药，甚至哭不出一滴眼泪。

他看见父亲和派出所的一名工作人员从对面的办公楼里走出来，神色十分凝重，似乎出了什么大事。奶奶推着他的脊背，老泪纵横道："林欢你过去，让你爸爸看看你。"

父亲明显瘦了一圈，双鬓微白，苍老了不少，轻抚着儿子的头，眼中泪光闪动，一如平常的肃然寡语，万千感叹只化作一句话："孩子，我们回家。"

在宾馆里洗了个热水澡，母亲准备好了干净的衣服，等他穿上，又要领他去饱餐一顿，林欢摇摇头，说："我吃不下。"

记挂着松原。林欢问不出口。很想知道她的亲人来了没有，现在哪里，还有幻海……不知这可怜的小生命能否被接受，他的命运仍是一个未知数。

上车前，林欢终究忍不住，问道："松原她……"

母亲脸上倏而闪过一丝惊扰，说："这个你不用担心，她家里人都过来了，你爸和你小叔正同她父母商量日后的打算。"

林欢捕捉到母亲一瞬间的慌张，不觉心惊肉跳，又说："幻海还病着……"

母亲问："幻海是谁？"

------->

林欢脸一红，头低下去。

母亲随即醒悟，说："这些你都放心，我们有安排，现在最重要的是跟我们回家。你不知道你这一走给家里带来多大的影响，唉！"眼一红，泪打转。

林欢默默不语，被爷爷奶奶拥着上车，问："不等爸爸和小叔了吗？"

爷爷："我们先走，他们有些事情需要处理。"

发动机起动的声音告诉林欢，这个他和松原生活了一年的城市要向他告别了。尽管受尽煎熬，仍觉恋恋不舍。含了一泓悲泪，看着这块土地渐渐离他远去，千言万语，不愿再提。

车上，奶奶紧紧抓着林欢的手，说："小欢啊，你真是太傻太不懂事了。这一年里，我天天哭，盼着你爸把你找回来。你爷爷也不去钓鱼了，成天蹲在家里抽闷烟，夜里咳嗽得厉害。家里亲戚找你都找疯了。你妈妈的脚有一次还在街上崴了，你爸也无心做生意，欠了一屁股的账。你离家出走，伤了多少人？孩子，这一年，你飘泊在外，从没有想过吗？"说着说着不觉声泪俱下。

爷爷见林欢闭着眼面露痛苦之色，劝道："好了，孩子遭的罪也不少了，让他清静会儿吧。"

气氛沉闷。司机打开收音机，听了几个节目，早间新闻开始了，中间有这样一条消息："Q市今天凌晨左右一个十七八岁的女孩在栈桥附近投海自杀，经查不是本地人，当时沙滩附近有一对恋人目击者……"坐在副驾驶座上的大姨慌忙关掉收音机。

林欢忽然间狂暴起来，身子猛地一拔，隔着两排座位就去触收音机的按钮，一头栽到前排的座位底下。他的泪水奔流不止，张开口"嗬嗬"地狂叫着，如兽嘶吼，全身抖作一团。"松原……松原……"这个压抑在心里的名字此刻被他叫得歇斯底里。

爷爷和姥爷死命地抱住林欢，极力阻止他横冲直撞，一把老骨头像是散了架，累得气喘吁吁。

车停下来，母亲流着泪说："孩子，不要这样对待自己好吗？松原她没事，没事，你放心。"

林欢犹在挣扎着，嚎叫道："你骗人！松原……松原她死了是吗？她去投海？她好傻，她好狠毒，我要见她！让我见她！"

"啪"的一声，爷爷给了林欢一记耳光。

目光一下子变得呆滞，舌尖甜甜的，是咬破了嘴唇，由着血丝挂在发黑的嘴边，如出轨的唇彩，缓缓地说："她死了，她竟死了么？天……"

忽觉得筋疲力尽，身子软下来，靠住爷爷肩膀沉入一片空冥。

醒来的时候，身子已经躺在温暖的被窝里。床很宽很大很软，空调徐徐吹着暖融融的风，窗帘是拉着的，光线甚低，不辨昼夜。散发着檀木香味的衣橱、书柜、宽敞的写字台、沉默的电脑，这是林欢自己的房间，

------▶

熟悉而陌生。

终归是回到了家。

这场凄风苦雨的逃亡结束了？

结束了。

林欢"霍"地从床上坐起来，思维渐渐集中。眼前发黑，一条弥漫着黑雾的长路铺展开去，一个孤苦伶仃的影子渐行渐远。正仓皇间，林欢已滚下床来，手还留在床上撕扯着被褥，脚一蹬，踢翻了坐椅。

客厅里的亲人闻声而入，七手八脚把林欢扶起来，要他躺着，只不依，如何也按不住，口中狂叫着，鼻涕一把泪一把。

母亲撕心裂肺地哭起来，她说："孩子，妈给你跪下了成么？孩子，你看这满屋里的人，全在这里为你劳身伤神，你何忍再给每人心头刺一把尖刀！孩子，妈这就给你跪下，只要你别再折腾自己，孩子，你看妈给你跪下了……"

林欢眼里那个人影此刻已然隐约难辨其形，叫声："松原别走——"转头对母亲说："你告诉我，松原是不是已经死了？你告诉我，这个世界上，我不能再见到她了？"

母亲低头不语，林欢又把询问的目光移向其他人，都纷纷逃避。

逃避即是答案，他懂了。脑袋像是破了个窟窿，记忆如风般嗖嗖灌入，从没此刻这般雪亮过，哪一件小事都是触他心碎的源泉。可是，更摧人肝肠的是，他还来不及同松原告别！

林欢第一次打心里恨松原，恨她的自私绝情。连见最后一面的时间都没有么？匆忙奔向那片广阔的汪洋，像一个朝圣者化身为海，寻求永恒的归宿。然而林欢又恨不起来，泪眼模糊中，恍然见到松原站在窗前落泪伤心的表情，恍然见到她含怨带嗔的眼神，恍然见到她锥心刺骨的泪痕。花谢花飞飞满天，红消香断有谁怜？你这抱着无限哀情离去的孤魂儿，只有我才能解你心酸。一朝春尽红颜老，花落人亡两不知。于是哭得越加心伤，起了必死之决心要见松原最后一面。

母亲拗不过林欢，打电话向林父求助。林父沉吟了片刻，说："让他见她最后一面吧，也好遂了他心愿。他心里的病只有他自己才能治好。"

两天后，松原的尸体被运回了家乡的医院。那对恋人目睹她投海时当即报了警，来了两支救援队伍，在海上打捞了一夜，方寻到她的尸体，这些人诧异地发现松原竟然面带着笑容！

她的亲人星夜赶过来，等到的却是一具冰冷的尸首。

白发哭黑发，场面之悲惨，毋庸赘言。

火化的前一天，林欢被家人看护着来到医院的太平间。走上那条昏暗的长廊，心情异常沉重，几乎不能呼吸。

当松原在冷仓里被一点一点拉出来，林欢的瞳孔分明

------->

变大了。他看见松原一头乌发已经不见，脸色铁青，冒着寒气，发紫的嘴唇再也勾不起一个迷人的笑容，还有那双曾经能够照亮林欢心灵的眼睛，此时此刻，再也睁不开了！

汹涌的泪水无声无息地流淌，这一对人鬼殊途的少年让在场的每一个人潸然动容。

哽咽着喉咙，林欢在心里对松原说："生离怎知死别苦。松原，只要你还能活着，我可以永不见你。可你到底沉寂了，投向了你所深爱的大海。记得你说过，我是你的大海，在那个奇冷彻骨的寒宵，你把自己交付给谁？假如有一天站在这里的是你，而躺着的是我，你又作何感想？我们只有十八岁，是的，我们太年轻了，如此年轻的生命却承担了太多不该承担的痛苦和压力。你一直是硬撑着，为了我，我知道。而我这样一个被感情支配，追逐精神理想的少年的幻灭，你是唯一见证人。其实，你也一样不是吗？我同样也见证了你的梦之破碎。你走得太潇洒，太惊天动地，以致令我感到自己此刻是在苟延残喘。到了如斯境地言爱已是太轻，无论痛苦的感慨或是怎么，除了你我，无人可懂。

"松原，你冷吗？我是觉得冷，冷的我浑身都颤抖。想到生命的圆满，哦，生命的圆满——有几个懂得生命的圆满？我们的生命是肉体和骨头吗？假如我们的生命是可以毁灭的幻体，那么，松原，我的这颗迂回潜隐的心，也早应随你的幻体而消逝。我如今认识到一个完成的圆满生命不能毁灭，不能丢弃，不能忘记。多少人都希望我毁灭、丢弃、忘记，把我已完成的圆满生命抛去。我终于不能。才知道我们的生命并未死，仍然活着，向前走着，在无限的高处创造建设着。

"如此说来，松原，你应该骄傲，睥睨世人微微含笑，我们的圣洁的高傲的孤清的生命巍然屹立于皑皑的云端。

"深刻的情感是受过长久的理智的熏陶的。松原，我无力挽住你迅忽如彗星的生命，沉默是最深的悲哀，以后你便赠给我永久的沉默。"

眼睁睁地看着松原又被推了进去，他忽然又变回了从前的那个林欢，沉默寡语。

闹是不闹了，林欢把自己困在屋里抽烟。

一棵接一棵地抽，不间断的。

仰起头，长长吐出在肺里周游一圈的烟，飘散的烟缕中逐渐幻化出一个轮廓，那是松原向他告别的身影。林欢伸出手试图挽留、抓紧，如果可以，还想那样抱着松原，用滴血的心为她写下灼热的诗行。

烟缕终究淡了，散了，消于无形。

清早，母亲打开林欢房门，浓重的烟味扑鼻而来，呛得她咳嗽连连。林欢不在床上，靠墙睡着，指间尚夹着熄灭的烟头。屋里乌烟瘴气，令人没法多留。

悲凄的母亲无言相对，只能以泪洗面。

一个静静的深夜，林欢悄无声息地摸进客厅找烟，忽然父母房间里传出一声低低的叹息，他听见父亲轻声道：

"总之，这件事绝不能让小欢知道，早点睡吧。"

母亲不断叹着气，说："你说，这孩子身体怎么这么虚弱呢，普通的肺炎都能……"

父亲打断道："好了，不要再说下去，好歹也是我们的孙子，才几个月大就夭折，我们林家这是造什么孽了……"

林欢不知道自己听到这些话时于黑暗中是何种表情。他想起已亡的松原的表情。也许在那冰冷僵硬的脸上，他能看到自己。

漫长的黑夜让林欢感到无以名状的恐惧。他总觉得窗外有一双冷碧的眼睛在窥视着他，森然如剑刃上的寒光，直刺他的心口，焦灼不已。

他知道那是幻海的眼睛，那一定是幻海的眼睛。背对着窗户，脊背如同灌进冷水，瑟瑟发凉。他不敢哪怕只是轻轻翻一个身，没有勇气面对那一双怨毒的眼神。

"幻海啊幻海，你饶了我吧。"

梦境里满是婴儿哇哇的啼哭，惊心动魄。

林欢似乎病了，卧床不起，连抽烟的力气也没了。父亲领他去了很多家医院，诊断都是身体无大碍，始知仍是心病所致。

躺在床上的光景，他总会做各种各样的梦。

这一天午后他梦见了旋转木马。

简单纯真的乐音指挥着转动的木马，松原坐在上面，笑容如夏花般灿烂。一圈一圈，时光仿佛停滞下来，空间里只剩下林欢、松原和旋转木马。

这是一幅画面。

笑容有多甜？泪水有多咸？

旋转木马。

旋转木马。

松原。

如一阵旋风在林欢脑中转开了，孤寂的枕边泣不成声。

不知哀哀地哭了多久，时而清醒，时而迷糊，一种很奇异的预感催着他下床，站在窗前。

又是黑夜。

黯淡的街灯下，一个白衣长发的黑影。

林欢胸口大震，悲喜交加，心里叫着松原的名字，冲下楼去。

午夜一两点钟前后的样子，天下着大雾，目视不及两米，间或一团模糊的光闪过来，是汽车的照明灯。萧萧的寒风吹动着地上的枯叶。在街灯下，没有找到松原。林欢料定自己没有看错，沿街狂奔，穿过层层迷雾，不甘心的他相信松原就在附近，恼恨雾之浓稠。

路灯这时候也熄灭了，天地茫茫，回家的路亦无从辨认。站在原地，仰起头向着天，身子转了一圈，如狼般嚎叫。

拂晓时分，雾渐散去，林欢从树下爬起来，污垢满面，这是回家后第一次在寒冷中醒来。

梦魂儿环绕着山崖海滨，

红花篮青锋剑都莫些儿踪影。

我细细寻认地上的鞋痕，

把草里的虫儿都惊醒。

我低低唤着你的名字，

只有树叶儿被风吹着答应。

想变只燕儿展翅向虹桥四眺，

听听哪里有马哀嘶；

听听哪里有人悲啸。

你是否在崇峻的山峰，

你是否在浓深的树林。

呵！刹那间月冷风凄，

我伏在神帐下忏悔。

为了往日的冷落，

才感到世界的枯寂。

只有明月吻着我的散发，

和你在时一样；

只有惠风吹着我的襟角，

和你在时一样。

红花枯萎，宝剑葬埋，你的宇宙被马蹄儿踏

碎。

只剩了这颗血泪淹浸的心，交付给谁？

只剩了这腔怨恨交织的琴，交付给谁？

雁群在云天里哀鸣。

这时候，松原，松原，你听谁在唤你？

这时候，凄凄惨惨，你听谁在哭你？

林欢摇了摇头，自言自语道："她死了，她是死了。我还在这里痴痴贪恋着她的幻象么？"他麻木地向前走去。

"在这情景之下，我除了流浪更能做些什么呢？"

"吱"的一声响，林欢踩碎了地上的几片枯叶，朔风扫过之处，激起半空的叶末儿。

此后，人们夜夜可以看见一具行尸走肉在街头梦游般地游荡。每个很冷很静的夜晚，这个面色灰白身体瘦削的青年出现在某个路灯底下，仿佛来自地狱的幽灵，他的眼里写满了黑色的忧郁，低垂着头，脚下的路漫无目的。

城市的巡警每天深夜见到林欢，觉其形迹可疑，遂将林欢带回公安局，折腾了半天方知是本市林老板的公子，又诚惶诚恐地放归。

父亲的悲郁化作静默的愤怒，一气之下招来亲朋好友轮番守在客厅，生怕林欢再跑出来。

没有烟抽，不能流浪，林欢就把自己当做一块石头，摆设在床上。

情若天，风如缘，难觅松原

心孤绝，魂飞散，将死林欢

半梦半醒时分。

一个隐隐约约的声音把林欢唤醒，他朦朦胧胧地坐起身，辨出这是松原的声音，轻柔舒缓，依稀从阳台上传出来。

睁着惺忪的睡眼，小心翼翼地走到门边，打开门，一股强盛的阳光刺得睡眼生疼，他被眼前的景象震撼住了——他看见滚滚奔流的大海，在灿烂阳光下闪着帝王宫殿般的辉煌，浪潮滔天，翻涌着不羁的豪情。在他心神恍惚的时候，他听见松原在他耳边低低地说："欢，我在海里等着你，等着你。"

林欢眼里噙满热泪，悲喜交集道："松原，你是让我去陪你吗？我早该想到你会寂寞啊！"

想也不想，纵身跳下"大海"。期待着与松原的重逢。

呼啸的风中，松原在他耳边笑起来了，林欢在心里笑起来了。

二〇〇五年五月中旬动笔，七月一日完稿，
七月二十一日修改，二〇〇六年四五月间再改

沿着梦的轨迹去飞翔

——《轨迹》* （代跋）

只有心中有梦想的人，才会有追求，才会有着想要实现美好愿望的冲动。有人说，一个爱做梦的人，不会有坚实的脚步，没有生活的抱负，更不具备真正能够将理想变为现实的魄力。可是，一个人如果连他的梦想都没有了，那还他会有什么？只知道过着一种平淡无奇，与世无争的生活，抱着一种知足者常乐的心态来完成自己的生命旅程，那他的人生凭什么可以五彩缤纷，他的生活又凭什么绚丽多彩？

程天翔是一个有梦、有追求、有理想，并且努力实现梦想，再继续下一个梦想，再去实现，再去梦想的、有着青春活力不断超越自我的年轻作家。

今天当我再一次认真阅读程天翔的作品时，我被他更加成熟的语言，更为突出的写作手法所深深吸引了。在这里我之所以说是"再一次阅读"，也许有一部分读者朋友还不知道，程天翔在出版这部长篇小说《轨迹》之前已有若干长篇、中篇、短篇作品出版、发表和被报纸、杂志大量转载，可以说是一个多产的年轻作家。让我记忆犹新的一部作品是，作者在二〇〇二年初出版的一部二十多万字的长篇武侠小说《鹿之角》，当年他还是一个十四岁的中学生，对于一个天真烂漫对许多事物似懂非懂充满好奇的青少年阶段的孩子来说，你对他又能寄予多大的厚望呢？最多是好好学习听老师和家长的话，再就是捧回一张奖状。而那时的程天翔已经不仅仅是一名优秀的学生，而且成了一名在当地文学圈少有的少年作家。众多读者被他扎实老练的文字功底，故事情节的巧妙处理所折服。

而今，程天翔的又一部作品《轨迹》即将出版发行，我看了不止一遍，我是带着感情去看的，我被感动了。

这是一部有生命的作品，它的鲜活，和它在语言中所折射出的那种灵性，无疑说明了这是值得一读的好作品。从作者的字里行间我能够真切地感受到他本人对生命的那种热爱和对生活的憧憬，从他语言中所表达的暗淡、低沉中你不难找出一种被抑制的灿烂和狂热。那是对梦想、对未来、对爱情的狂热。他用自己独有的语言表达方式，写出了一部分人内心世界的那种强烈且又不被身边的人所能接受的矛盾心理，以及复杂的心情。他简洁明快又深奥舒缓的写作风格，注定了一个文学之星的漫长而又崇高的写作道路。

文中的男女主人公既漫长又短暂的爱情故事，作者运用不同的写作手法将每一个细节描写得淋漓尽致。之所以漫长，是他们用去了一生的时间去爱都不够，还要到来世再续缘；说他们短暂是因为，两个人的人生才刚刚开始，他们都还没有来得及触摸幸福，感悟人生，还没来得及一起憧憬未来，便匆匆地睡去……从他们偶然地相识，到相知、相恋，然后从爱情的起点走到爱情的边缘，又回到起点。一时间他们拥有了一切，却恰恰失去了一切。在确定他们的爱情已经有了结晶时，所带给他们的是震惊，而不是惊喜！也不可能是惊喜！他们愕然了，慌乱了，茫然了，无奈之际，他们只有将不可思议却又不容置疑的事实当作生活对他们的考验，勇敢地承受了本不该是他们这种年龄所能承受的一切。在一个新的环境里，他们感觉不到新奇，享受不到新的环境带给他们心灵的洗涤，有的只是深藏心底的恐惧和掩饰不住的愁绪。

就在故事的最后，林欢的精神世界忽然变得很贫穷，贫穷得在他的整个世界里除了松原，什么都没有；然而他说很富有，富有得在他的整个世界里全都是松原。

作者对崇尚忠贞爱情和追求高质量的情感生活有着他独特的见解，从而体现了作者内心深处所赋有的最诚挚的一面，和奇特的想象力。

或许一段真正能让人成为过去的情感，一路的艰辛注定会成为回忆的主题。瞬间也许会成为永恒，人的一生能有几次感动？曾经拥有，便是一生的财富。在满是风景的过程中，结果已经变得不重要。一路相携，共同感受每一次感情上的飘逸，承受每一次冰凌的袭击。或许他们的结局是个幽怨十足的悲剧，已经收获了整个季节的过程，已足矣。

如果有一部作品能够把读者带进文章里，让其与故事里的人物同悲欢，让读者完全融入到故事里，每一个章节，每一个情节甚至每一句话都能带动读者的情绪，然后读者再把作品带回自己那一片心灵的空间里，这将是一部好的作品，有着自己的市场和读者群的优秀作品。想要让自己的作品达到一种更高的境界，首先作者本人的意识和素养先要达到这种境界，天翔他做到了！他的这部长篇悲剧小说《轨迹》做到了！

值得称道的，是作者本身这种创作上的自我更新和自我超越。天翔是个谦虚有内涵的阳光男孩，正是他的人格魅力，注定了他的创作魅力。在这里我想为这部小说送上一首小诗："春天的一纸信鸽/在冬天飞翔着消息/飘雪的故事依然写在雨里。季节的风依旧/翻飞着我的秘密/一页一页/不管我愿意还是不愿意/一字一句解读着/连我都没弄懂的过去。抓起一把记忆/抛在风里/它们撕扯着在一个雨季/飘扬着的诗句/打落了那只写满心事的纸信鸽/淋湿了故事里或悲或喜的/插曲。不要把我的思绪/洒落满地/不要把我的孤寂/吹进他的眼里/揉出谁也不愿说出口的分离/谁也走不出的梦里。我刻意把整张纸写得满满的/不留一点缝隙/让你的名字找不到立足之地/让你的身影挤不进我的日记/可写上去的是一页空白/藏在心里的语言/足以填满大海/那潮来潮去的激动/是我逃不掉的心债。"

程天翔具备了一名真正的作家应有的条件，他有着自己的语言表达方式和独特的结构方式。他的作品将韵律、哲理以及他的情趣性和逻辑性非常巧妙地结合起来，融为一体，形成了自己的写作风格。

　　但是写作的道路是漫长而悠远的，它充满了挑战和不断更新。这是一条艰辛且崇高的文学之路，作者还需从国内外名著中吸取所需的养分，来不断地为自己充电，更加提高写作水平。

　　《轨迹》将是天翔写作道路上的里程碑，他将会朝着更坚定的方向，乘着理想的翅膀，沿着梦的轨迹，飞向更高、更远的文学殿堂！

朱蕾蕾
二〇〇六年十一月二十一日

- - - - - - - →

后 记

情若天，风如缘，难觅松原。

心孤绝，魂飞散，将死林欢。

　　上面的话写给《轨迹》两位主人公：林欢和松原。这部小说写成于二〇〇五年七月，经过几次修改便一直存放起来。这几天因为要写后记就拿出来重读了一遍。想不到隔了一年有余，读完仍是热泪盈眶，不禁感慨万分。

　　这是我的第三本长篇小说。二〇〇五年四月，我因文学写作特长被山东大学提前录取。身边的同学都在紧张忙碌地备考，我却突然获得了轻松。虽然高考的压力消失了，我却丝毫高兴不起来，与那些每天熬至深夜复习做题的"战士"们相比，我更像是一具行尸走肉。四月底我去了青岛，面朝着大海，我一遍遍回忆着我的高中生活，那些我爱过和爱过我的人，一个个在我眼前闪耀，曾经的荣耀与黑暗，激荡和纠缠也化作了浮云一抹，随海风轻轻地飘散了。在海边的几天，大海时而豪情万丈，时而深沉含蓄。我在心底听懂了海的语言，人生的目的在于不断追求下一段生活的精彩，我看重的是过程，而非结果。过去尽管让我留恋，却就像是空气——我抓不住它。受了大海的点化，我觉得我的灵魂一刹那间脱胎换骨，飞入青云，这种蜕变的喜悦是我从未经历过的。我想我已经做好了向过去告别的准备，我想留下一些什么，可以让我在白发苍苍的时候翻出来回味思考，这就是《轨迹》最初的创作动机。

我是一个喜爱诗歌的人，但让我单纯以诗歌抒发情感又觉功力不够，所以在《轨迹》中，我以诗一样的语言讲述了一对学生情侣由相识、相知、相爱至逃离、挣扎及死亡的悲剧故事。从喜到悲，从聚到散，我用手中的笔残忍地为男女主人公画下了一道从美好走向毁灭的轨迹。创作的最初我只想颂扬男女主人公忠贞不渝的爱情和高贵脱俗的灵魂，但随着情节的推进，我不得不自我否定，我对笔下的人物说："任你们的精神世界再如何神圣，对爱的态度再如何纯洁，只要生活在这个物欲横流、人心叵测的社会，你们誓死捍卫的美也终将被无情的现实击得支离破碎，这是没办法的事情。当梦幻的海将你们吞噬的时候，你们也只能微笑着流下眼泪，走向各自朝圣的不归路。"

《轨迹》完成后，我的心情变得异常沉重。每个人都有一段属于自己的青春，我相信每个人年轻时都曾守候过属于自己的一份美，而当岁月荏苒，青春不再，各种各样的压力、苦恼接踵而来的时候，那些美也就悄悄变质，面目全非。这个社会不会再有庄子。"适者生存"，如果你对这个竞争激烈，尔虞我诈的现实感到疲惫，面对你的只

-------▶

有两条路：要么放弃原本你最在乎最纯粹而毫无实际意义的东西；要么，灭亡。

《轨迹》是我心灵深处迸发出的产物，当我疲倦于现实的时候，手中的笔可以带我暂时离开这个世界，到一个山清水秀、罕无人烟的地方寻梦，就像林欢所希冀的那样。林欢的身上有我的影子，我们的灵魂是一体的。所以，我是深深爱着松原啊，在我的笔下，在我的心里，她是那样的完美，我愿意做那个傻傻的林欢，和她共同守护我们心灵的家园。回想写作《轨迹》的那段日子，每当夜深人静之际，思路阻塞之时，松原就会出现在我身边，与我交流，听我倾诉。我清清楚楚地感觉到她就活在我身边，她身上的光辉和美好是我一切创作的源泉和动力。梦境也好，现实也罢，能够游走在二者之间并体验快乐，我就是最幸福的人。

作为我高中生活留下的"绝唱"，《轨迹》在我生命中自然有着非常重要的意义。二〇〇五年九月，我怀着无限的憧憬升入大学，以为这将是"完美生活"的开始。上了一段时间后觉得大学也不过如此，身边的同学常以"天之骄子"自居，却做不出多少骄人的成绩。更多的人喜欢打牌和上网，在无所事事中虚度着自己的青春。学校图书馆的藏书量在全国首屈一指，然而有多少人乐于"光顾"？整天是没完没了的社团活动，重复且没有意义。大学，应是一个潜心读书，积累知识的地方，但很多同学的学习只是为了考试，只要考试及格，学问是不重要的。当今的大学生有很高的智商却没有足够的智慧，如果对人生缺乏清醒的认识，没有追求，持续浮躁，只能慢慢地从"天之骄子"沦为一个平庸者。

我现在已是大二的学生了，孤独却仍如高中时代，身边很难找到志同道合的伙伴。我感到难过，因为过去一年我也是众多"平庸者"的一员。浑浑噩噩的生活让我在学业和创作上处于困境。朋友说我是闲云野鹤，根本不应该上学，我听后默然，想反驳，但找不到理由。

《轨迹》仍属于青春写作的范畴，而青春写作似乎成了"80后"写作的"专利"。近些年"80后"写作开展得如火如荼，也成就了像韩寒、郭敬明、张悦然等一批少年作家，与之相关的评论也大量涌现、屡见不鲜。实际上"80后"中也不乏思想深刻、文笔老到的优秀作家，但只是昙花一现，没有引起足够的重视。就"80后"整体创作而言，前景令人堪忧。很多少年写手字还没认全几个，就一本正经地写起了小说，从他们嗲声嗲气无病呻吟的语言到零乱的结构和杂乱的叙事可以看出，他们缺乏一个作家应有的文化积淀和文学基础，这样的写作带给我们的，忧虑大于欢喜，只因为在年龄上占了便宜，出名似乎也成了一件不大困难的事。

感谢黄万华教授，他在百忙之余腾出时间为我这个后辈小子作序，令我感动不已。黄教授的文字也让我对自己的小说有了一个全新的认识，受益匪浅。

感谢山东文学杂志社朱蕾蕾编辑，她一直关注着我的创作情况，给我鼓励，激起我旺盛的创作热情。

感谢我的女友樵，她原本为《轨迹》画了十几幅精美的插图，后来因为其他原因最终没有启用，这诚然是个遗憾，但她辛苦的付出我会牢记心上。

感谢我的父母和所有关心我的朋友、师长，没有你们，也就没有我今天小小的成就。

感谢郁达夫先生，我想他的文字和创作理念将会影响我的一生。尽管人鬼殊途，我想至少我们的心灵是相通的。这固然是文学的魅力，也是两个性情相投的人的遗憾。

《轨迹》是我用心血和汗水完成的艺术结晶，我希望有更多的朋友可以读懂它，认可它，并产生共鸣。一个作者最大的愿望，莫过于此吧。

作者

二〇〇六年十一月十九日

图书在版编目（CIP）数据

轨迹/程天翔著．－北京：作家出版社，2007.1
ISBN 978－7－5063－3827－1

Ⅰ．轨… Ⅱ．程… Ⅲ．长篇小说－中国－当代
Ⅳ．I247.5

中国版本图书馆 CIP 数据核字（2006）第 134499 号

轨　迹

作者：程天翔

责任编辑：文　教

装帧设计：视觉共振设计工作室

出版发行：作家出版社

社址：北京农展馆南里 10 号　　　　**邮码：**100026

电话传真：86－10－65930756（出版发行部）

　　　　　　86－10－65004079（总编室）

　　　　　　86－10－65389299（邮购部）

E－mail：zuojia@zuojia.net.cn

http://www.zuojia.net.cn

印刷：北京京北制版厂

开本：880×1230　1/32

字数：100 千

印张：7.25　　　　　　　　　　**插页：**3

版次：2007 年 1 月第 1 版

印次：2007 年 1 月第 1 次印刷

ISBN 978－7－5063－3827－1

定价：15.00 元